DREAMBOOKS

DREAMBOOKS★

DREAMBOOKS

마왕

11

ORIENTAL FANTASY STORY & ADVENTURE

요도 김남재 신무협 장편소설

dream books
드림북스

마왕 11

초판 1쇄 인쇄 2017년 6월 12일
초판 1쇄 발행 2017년 6월 22일

지은이 요도 김남재
발행인 오영배
기획 박성인
책임편집 이대용
표지 · 본문 디자인 권지연
일러스트 나래
제작 조하늬

펴낸 곳 (주)삼양출판사 · 드림북스
주소 서울시 강북구 도봉로 173
대표 전화 02-980-2112 **팩스** 02-983-0660
편집부 전화 02-980-2116 **팩스** 02-983-8201
블로그 blog.naver.com/dreambookss
출판등록 1999년 3월 11일 제9-00046호

ISBN 979-11-283-9129-3 (04810) / 979-11-313-0507-2 (세트)

+ 이 도서의 국립중앙도서관 출판시도서목록(CIP)은 서지정보유통지원시스템홈페이지(http://seoji.nl.go.kr)와 국가자료공동목록시스템(http://www.nl.go.kr/kolisnet)에서 이용하실 수 있습니다. (CIP제어번호: 2017013449)

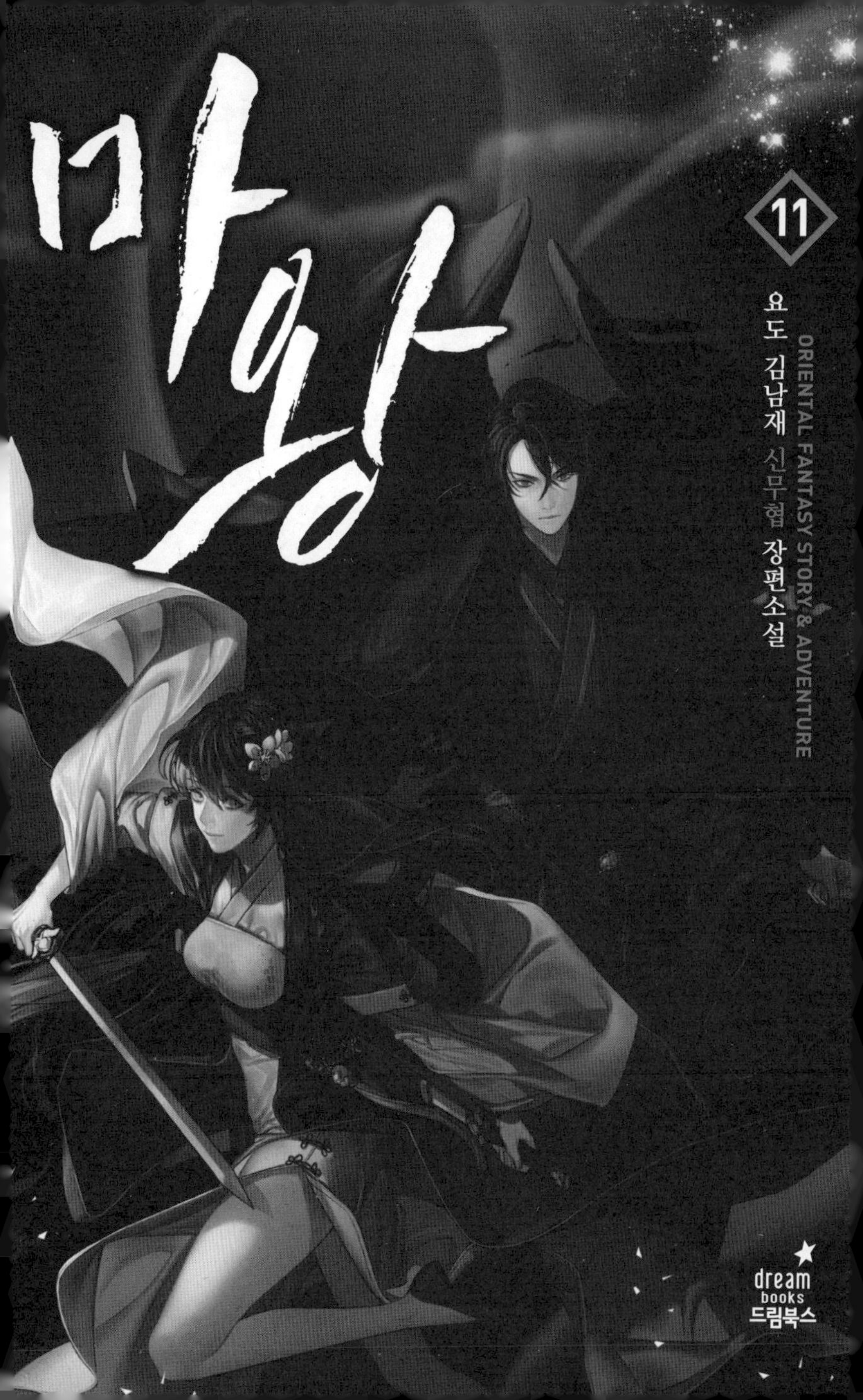
마왕
11
요도 김남재 신무협 장편소설
ORIENTAL FANTASY STORY & ADVENTURE
dream books
드림북스

목차

1장. 서곡

— 몇 명이라도 상대해 줄게요

비설의 섬뜩한 그 한마디에 철무극은 발밑에 나뒹굴고 있는 갑주의 조각들을 믿을 수 없다는 듯 바라봤다.

거미줄처럼 퍼져 나간 균열이 갑옷을 뒤덮고 결국 이렇게 빈 몸이 되어 버렸다.

이 갑옷은 혈갑도수대의 상징과도 같은 물건이다.

그런 물건이 부서져 나갔으니…… 이들을 이끄는 대주로서 분노가 치밀었다.

"감히!"

분노와 함께 휘둘러진 도를 이번에도 비설은 검으로 막아 냈다.

그렇지만 워낙 커다란 도에 철무극의 무지막지한 힘까지 실리자 비설은 결국 옆으로 밀려 나가고야 말았다.

좌르륵.

그녀는 막아 낸 쪽 어깨를 손으로 가볍게 어루만졌다. 그러나 비설에겐 쉬고 있을 여유가 없었다. 둘 사이에서 엄청난 양의 내공들이 쏟아져 나가던 탓에 잠시 거리를 벌리고 있던 혈갑도수대의 무인들이 번개처럼 달려든 것이다.

타닥!

뒤에서 들려오는 발걸음 소리에 그녀가 황급히 뒤쪽으로 검을 휘둘렀다.

서걱.

손에 닿는 뭔가가 베어졌다 느끼는 그 순간 그 뒤편에서 다른 누군가가 번개처럼 튀어 올랐다.

빠악!

그렇지만 이미 알고 있었다는 듯 비설은 그 시체의 뒤편에서 몸을 날리는 상대의 얼굴을 정확하게 걷어찼다.

목이 비틀리며 허공에서 그대로 바닥으로 곤두박질치는 사내.

그 순간 뒤편에서 철무극이 달려들었다.

부웅!

그녀가 황급히 손을 들어 뒤편에 매달려 있는 만보신면

의 머리를 아래로 누르는 것과 동시에 몸 또한 낮추었다.

아슬아슬하게 공격이 머리를 스치고 지나갔다.

그럼과 동시에 비설은 비어 있는 철무극의 가슴을 향해 곧바로 주먹을 날렸다.

허나 철무극은 비설의 날아드는 주먹을 피하기는커녕 오히려 몸을 들이밀었다. 비설의 주먹이 철무극의 옆구리에 틀어박혔다.

그렇지만 비설은 오히려 안색을 구겼다.

'……힘이 모자랐어.'

가장 커다란 힘을 내는 지점에 도달하기 전에 오히려 철무극은 자신의 몸을 들이미는 방법을 택했다. 그런 그의 행동에 비설의 공격은 제대로 힘이 실리기 전에 철무극에게 닿았다.

그리고 거리가 좁혀진 지금 철무극은 도를 양손으로 움켜쥐고는 그대로 주먹으로 내려찍었다.

거리가 가까웠기에 도가 아닌 주먹을 휘두른 것이다.

퍼억!

고개를 비틀어 머리통을 부술 듯이 날아드는 공격을 피해내긴 했지만 그 탓에 어깨에 일격을 허용하고야 말았다.

"큭!"

비설이 한쪽 무릎을 땅에 대며 몸을 지탱했다.

그렇지만 아직 둘의 싸움은 끝나지 않았다.

좁아진 거리, 비설 또한 이 일격으로 끝날 거라 여기지 않았다.

그녀의 주먹을 쥐고 있던 손이 재빠르게 펴지며 그의 가슴에 일장을 휘둘렀다.

뻐엉!

권법에서 장법으로의 유연한 변화.

그 일격에 다음 공격을 펼치려던 철무극이 뒤로 밀려 나갔다. 그의 입가에 피가 막 솟구쳐 오르는 그때, 비설은 또 다른 혈갑도수대의 공격을 받아야만 했다.

휘리릭!

날아드는 도신을 본 비설은 그대로 바닥을 굴렀다.

등 뒤에 있는 만보신면이 다치지 않게 하기 위해 옆으로 구르던 그녀의 측면에서 붉은 갑옷을 걸친 누군가가 쏜살같이 달려들었다.

그자의 발이 강력하게 바닥을 구르며 막 몸을 일으켜 세우려던 비설의 턱을 올려 찼다.

날아드는 발차기를 보며 비설은 황급히 몸을 뒤로 회전시키며 달려든 상대에게 곧바로 검을 꽂아 넣었다.

번개 같은 공격에 상대의 어깨가 뚫렸다.

그렇지만 균형이 무너진 상황, 하나의 검까지 상대에게

박혀 있는 그 순간을 노리고 또 다른 무인 하나가 거리를 좁히고 들어왔다.

비설의 목을 꺾어 버리려는 듯이 내뻗어진 손을 확인한 그녀가 재빠르게 손목을 비틀었다.

타앗!

손목으로 날아드는 손을 위로 쳐 낸 비설은 곧바로 그자의 팔을 잡아 꺾어 버렸다.

으드득.

부러지는 팔과 함께 비설은 그자의 목에 발을 걸고 가볍게 회전하며 그자를 땅에 처박아 버렸다.

쓰러진 상대에게 일격을 가한 직후, 옆에서 철무극이 달려들었다.

발로 목을 감고 있는 탓에 다음 움직임에 찰나의 시간이 더 소모됐고, 그 조그만 순간이 비설에겐 치명적이었다.

번쩍.

날아드는 도를 황급히 받아 냈지만 엉거주춤한 자세에서 받아 낸 탓에 힘이 모자랐다. 그 순간 그의 주먹이 비설의 얼굴을 후려쳤다.

퍽퍽!

연달아 날아든 주먹에 비설의 목이 돌아갔다.

주먹에 머리통을 가격당하자 순간 머리가 핑 돌았지만

그녀는 쓰러지지 않았다.

약해지려는 발을 억지로 붙들어 견디면서 비설은 이를 악물었다.

그녀의 눈에 날아드는 주먹이 보였다.

그렇지만 비설은 피하지 않았다.

'이걸 피하려 했다가는 도가 날아들 거야.'

한 방은 더 준다.

그리고…….

빠억!

다시금 얼굴을 치고 들어오는 주먹.

정신을 잃어도 이상할 것 없는 충격을 받았음에도 불구하고 비설은 자신이 계획했던 움직임을 해내고야 말았다.

탁.

소매를 잡아챈 비설의 손이 빠르게 타고 들어갔다.

철무극은 갑작스럽게 파고드는 비설의 손을 피해 내려 했다. 그렇지만 그녀의 손길이 너무나 정교했을 뿐만 아니라 철무극이 움직이려는 방향을 읽어 내며 따라 들어오는 바람에 결국 치명적인 거리까지 내주고야 말았다.

'이 움직임은 뭐지?'

철무극은 당황했다.

그녀의 손바닥의 기기묘묘한 움직임을 읽어 내지 못했으

니까.

그리고 지금 비설이 펼친 움직임은 미륵삼천해(彌勒三天解)라 불리는 소림의 금나수였다.

완벽하게 철무극을 옥죈 순간 손바닥이 곧바로 어깻죽지를 치고 들어왔다.

손바닥에 맺힌 장력이 그를 후려쳤다.

퍼억!

충격과 함께 뒷걸음치는 철무극, 그리고 그 순간 비설은 이미 머릿속에 그렸던 다음 공격을 이어 가고 있었다.

밀려 나가는 방향으로 한 걸음 내딛는 비설의 손이 쓰러져 있는 자에게 박혀 있던 자신의 한쪽 검으로 향했다.

피잇!

빙그르르 돌며 휘둘러진 그녀의 일격.

검에 맺힌 검기가 기다렸다는 듯 소리 내어 뿜어져 나갔다.

그 검기를 지척에서 맞닥뜨린 철무극은 황급히 자신의 도를 앞에 꽂아 넣었다.

커다란 도신이 그의 앞을 가로막았고, 덩달아 피어오른 기운이 방패가 되어 날아드는 검기를 막았다.

허나 비설의 목표는 철무극이 아니었다.

갑작스러운 비설의 반격에 놀란 듯 그에게로 달려오던 수하들.

그들이 바로 비설의 목표였다.

쾅쾅쾅!

쏟아져 나가는 검기가 철무극의 방어에 튕겨져 나가듯 방향을 바꾸며 오히려 뒤편에 있던 수하들을 뒤덮었다.

그런 그녀의 공격에 철무극은 자신이 당했다는 사실을 깨달았다.

비설의 검기에 휩쓸려 사방으로 나자빠지는 수하들을 보며 철무극이 땅에 박았던 도를 뽑아 들며 치고 나갔다.

"이노옴!"

거대한 도가 바람을 가르며 맹렬한 기운을 쏟아 냈다.

번쩍! 쿠콰쾅!

그의 도가 베고 지나간 자리의 모든 것이 싹둑 잘려져 나갔지만 이미 그곳에 비설은 없었다. 그녀의 몸이 허공으로 솟구친 채로 빠른 속도로 낙하하고 있었다.

비설의 손에 들린 자미쌍검이 마구 움직였다.

마치 허공을 나는 듯한 상태로 연달아 치고 들어오는 공격에 철무극은 황급히 뒷걸음질 치며 비설의 공격을 받아야만 했다.

순식간에 둘 사이에 수십 합이 오고 갔다.

둘 주변의 모든 것들이 터져 나가 형체를 알아볼 수조차 없을 지경이었다.

그렇게 치고 들어가는 비설의 옆으로 혈갑도수대 무인 하나가 뛰어들었다.

그의 도가 비설의 몸을 반 토막이라도 내려는 듯이 횡 방향으로 치고 들어왔다.

철무극에게 두 자루의 쌍검을 모두 사용하고 있던 비설이었기에 날아드는 도를 쉽사리 피하기 어려웠다. 그녀가 살짝 몸을 틀었고, 덕분에 그 도는 아슬아슬하게 옆구리를 베고 지나갔다.

피가 터져 나왔지만 비설은 곧바로 그자의 머리를 잡고는 날아드는 철무극의 커다란 도의 방향으로 밀어 버렸다.

철무극의 도는 애꿎은 자신의 수하의 몸을 갈랐고, 그의 무기가 방향을 잃는 순간 비설은 껑충 뛰어올랐다. 그녀의 발이 옆면으로 치고 들어가 철무극의 얼굴을 후려쳤다.

빠악!

안면이 돌아가기 무섭게 방향을 잃었던 도가 매서운 기세로 치고 올라왔다.

뒤로 물러나며 공격을 피해 낸 비설이 황급히 거리를 벌렸다. 그녀가 눈살을 찌푸린 채로 자신의 옆구리를 손으로 감쌌다.

뜨거운 피가 손바닥을 타고 연신 바닥으로 떨어져 내렸다.

"헉헉."

비설이 거친 숨을 토해 냈다.

혈갑도수대의 많은 무인들을 쓰러트렸지만 아직까지도 그 숫자가 시야를 가득 채울 지경이다.

거기에 어깨에 실리고 있는 만보신면의 점점 처지고 있는 몸까지.

'숫자를 더 줄여야 해.'

비설의 시선이 빠르게 주변을 훑었다.

쓰러져 있는 수많은 혈갑도수대의 무인들과, 그들이 떨어트린 수십 자루의 도가 눈에 걸렸다.

그걸 본 비설의 눈동자가 날카롭게 변했다.

그녀가 허리를 꼿꼿하게 편 채로 검을 쥔 양손을 가볍게 휘저었다.

그저 휘적거리는 걸로 보일 수도 있는 가벼운 움직임. 그렇지만 철무극은 그 안에 담긴 힘의 움직임을 읽어 냈다.

'무슨 짓을 하려는 거지?'

서서히, 그렇지만 갑자기 빠른 속도로 그녀의 기운이 주변으로 뿜어져 나가기 시작했다.

그리고 이내 그 정체불명의 힘이 하나의 형상을 이루는 그 순간…… 놀라운 일이 벌어졌다.

투둑, 투두둑.

이상한 소리와 함께 벌어진 실로 놀라지 않을 수 없는 장관이 펼쳐졌다.

바닥에 떨어져 있는 수십여 개의 무기들이 점점 허공으로 떠오르기 시작한 것이다. 그리고 허공으로 솟구쳐 오른 그 무기들은 마치 누군가가 쥐고 있기라도 한 것처럼 비설에게로 날아가 그녀의 뒤편에 줄지어 도열했다.

허공을 떠다니는 수십 자루의 무기가 비설과 싸우고 있는 혈갑도수대의 대원들을 겨누었다.

혈갑도수대는 물론이거니와 철무극 또한 허공에 떠 있는 무기들을 놀란 눈으로 바라봤다.

"이기어검……."

이기어검이란 손을 떠난 검을 기를 이용해 움직이는 걸 뜻한다.

물론 그건 굳이 검에만 한정되는 것이 아니라 도나, 창 같은 기타의 병기 또한 마찬가지다.

손을 대지 않고 기를 통해 무기를 자유자재로 움직이게 만드는 경지.

그걸 통칭 이기어검이라 부르는 것이다.

분명 이기어검은 엄청난 수준의 무인이 아니면 구사할 수 없는 능력이다. 그렇지만 철무극이 놀란 건 그녀의 이기어검이 상상을 초월한다는 데 있었다.

기를 이용해 손도 안 대고 떨어져 있는 물건을 움직인다는 자체가 엄청난 양의 내공과 정교함을 요한다. 그런데 지금 허공에 떠 있는 건 수십 개가 넘는 무기다.

이토록 많은 숫자의 무기를 손도 대지 않고 의지대로 움직인다?

그건 철무극에게도 불가능한 일이었다.

수십 자루의 무기가 당장이라도 날아올 것 같이 서슬 퍼런 빛을 토해 내는 모습에선 말로 표현하기 힘든 공포가 밀려들었다.

섬뜩함, 그와 함께 찾아오는 두려움.

단 한 명의 상대. 그렇지만 그 상대의 뒤편에는 마치 수십 명의 병력들이 자리하고 있다는 착각을 불러일으키게 한다.

그 모습을 보고 있던 혈갑도수대의 무인들이 자신들도 모르는 사이에 마른침을 삼켰다.

도산검림(刀山劍林)!

도가 산을 이루고, 검이 숲을 이룬다.

빼곡하게 찬 듯한 병장기를 마주하는 순간 느껴지는 그 막막함을 은유적으로 뜻하는 말이다.

그런데 실로 놀랍지 않은가.

그토록 많은 숫자의 병기에서 느껴져야 할 도산검림이라는 뜻이, 고작 한 명의 손에 의해 이루어지고 있다는 사실이 말이다.

모든 기를 집중하여 수많은 무기를 허공으로 들어 올린 비설, 그리고 그녀의 의지가 움직였다.

번쩍 뜨여진 눈과 함께 허공에 떠 있던 무기들이 목표 지점을 향해 날아가기 시작했다.

쒜엑! 퍽!

지척에 있던 이들의 몸에 번개처럼 칼이 날아 들어가 박혔다.

수십 자루의 무기가 순식간에 십수 명을 쓰러트리고는 곧바로 다시금 허공으로 치솟았다. 그리고 치솟았던 무기들은 비가 되어 쏟아져 내렸다.

칼이 다시금 몇 명을 관통하며 연달아 밀려드는 그때, 철무극 또한 그냥 당하고만 있지는 않았다.

말도 안 되는 수준의 이기어검에 잠시 정신을 빼앗겼지만 그 또한 절대십마에 근접한 자. 그가 떨어져 내리는 무기를 향해 몸을 날렸다.

그의 도에 맺힌 강렬하고 푸르스름한 강기가 떨어져 내리는 것들을 향해 뿜어져 나갔다.

콰드득!

지척에 있는 수하들을 향해 떨어져 내리는 공격을 막아낸 철무극이 두 발에 힘을 준 채로 어딘가를 향해 튕겨 오르듯 날아갔다.

그가 향하는 곳, 그곳은 다름 아닌 비설이 있는 장소였다.

가만히 선 채로 기를 이용해 무기를 조종하고 있는 비설의 빈틈을 파고든 것이다. 순식간에 거리를 좁히고 든 철무극이 곧바로 손에 들린 거도(巨刀)를 장난감처럼 휘둘렀다.

파바바박!

허공에 떠 있는 몇 개의 검을 철무극의 공격을 막아 내기 위해 방패처럼 줄지어 세웠지만 그의 힘은 강렬했다.

빠각!

줄지어 선 몇 자루의 검을 단숨에 부수며 치고 들어온 그의 거도가 비설의 얼굴을 노렸다. 그녀는 황급히 한 손에 들고 있던 자미쌍검을 들어 그 공격을 받아 내야만 했다.

재빠른 방비로 공격을 막아 내는 건 성공했지만 철무극의 도에 실린 힘이 보통이 아니었다. 그녀는 그대로 밀려 나가듯 뒤로 나뒹굴었고, 자리에서 일어났을 때 다시금 피를 토해 냈다.

"우웩."

막대한 내공을 쓰며 이기어검술을 펼치는 와중에 밀려온 그의 공격이 속을 진탕으로 만들어 버렸다.

그런데 그 순간 당장이라도 치고 들어올 것처럼 굴었던 철무극 또한 갑자기 가슴을 움켜쥔 채로 한 사발의 피를 토했다.

비설이 도에 밀려 나가는 와중에 손을 움직여 그의 가슴에 정확하게 장법을 꽂아 넣은 것이다.

그것도 무당의 십단금(十段錦)을.

십단금은 무당파가 자랑하는 무림에서 손꼽히는 최고의 장법 중 하나다. 부드럽지만 파괴적인 장법. 그런 위력적인 장법이었기에 그 찰나의 순간에 실은 힘만으로 철무극에게 이 정도의 타격을 주는 게 가능했던 것이다.

똑같이 피를 토하는 상황.

그렇지만 철무극이 여유 있게 숨을 고르는 것과는 달리 비설에겐 그럴 기회가 없었다. 쏟아지던 도에 당하고 있던 혈갑도수대의 무인들이 그녀를 덮치고 들었으니까.

번쩍!

비설은 억지로 내공을 끌어 모으며, 가장 선두에서 다가오는 자를 베어 넘겼다. 그렇지만 그 뒤에, 또 뒤에 이어져 달려드는 무인들의 도가 그녀의 허벅지를 베고 지나갔다.

"크!"

그녀가 주춤하며 균형이 무너졌고, 기다렸다는 듯 위에서 도가 떨어져 내렸다. 비설은 눈을 부릅뜬 채로 손바닥을 쳐올렸다.

쩌엉!

상대의 턱이 휙 하고 뒤로 젖혀지며 나자빠졌고, 그녀를 향해 달려드는 다섯 명에 달하는 혈갑도수대를 향해 비설이 회전했다.

좌악! 좌악! 좌악!

달려드는 것과 동시에 그들은 순식간에 휘둘러진 검에 의해 숨이 끊어졌다. 그렇지만 그러는 와중에 비설은 도의 손잡이에 머리통을 한 번 가격당하고야 말았다.

피가 터져 나오는 그 와중에서도 사각을 노리고 몰래 치고 들어오는 몇몇의 움직임을 완전히 파악한 비설이 자미쌍검 두 자루를 역방향으로 쥔 채로 위아래로 재빠르게 휘둘렀다.

다가오던 그들은 그녀의 검을 타고 뿜어져 나간 검기에 당해 실 끊어진 연처럼 그대로 허공으로 치솟았다가 힘없이 툭 하고 떨어져 내렸다.

"하아, 하아!"

비설은 곧바로 검을 땅에 박아 넣으며 쓰러지려는 몸을 지탱했다.

그녀의 숨은 당장이라도 끊어질 것처럼 급박했지만 복면에 유일하게 가려지지 않은 두 눈동자는 아직도 죽지 않고 번뜩였다.

그런 비설의 시선에 재차 치고 들어오려던 혈갑도수대

무인들의 발이 얼어붙은 것처럼 제자리에 멈추어 서고야 말았다.

분명 겉보기엔 당장 죽어도 이상할 게 없어 보였지만 비설의 눈빛은 은연중에 그들에게 경고를 내뿜고 있었다.

아직 죽지 않았다고.

오는 그 순서대로 베어 넘기겠다고 말이다.

투기다.

비설이 뿜어내는 그 투기 하나에 절정고수들인 혈갑도수대 전원이 달려들지 못한 채 머뭇거릴 수밖에 없었다.

죽는 게 두려운 게 아니다.

죽음보다 더 깊은 곳에서 밀려 나오는 정체를 알 수 없는 두려움. 그 두려움에 그들은 비설이라는 존재에게 짓눌리고 있었다.

뒤틀린 속을 다스리며 그런 그들의 모습을 바라보는 철무극의 표정은 복잡했다.

싸움 귀신들이 모였다 자부하는 혈갑도수대가 아니던가.

자신들의 상관이 천하를 가지기 위한 싸움을 시작하는 그 날. 자신들이 선봉에 설 거라 자신 있게 자부해 왔던 철무극이다.

자신도 그렇고, 수하들 또한 그 정도의 능력과 용기를 지닌 자들이라 여겼으니까.

그런데…… 그런 자신들이 피투성이의 상대 하나에게 이토록 겁을 집어먹은 채로 움직이지 못하고 있다.

저 가냘프게 보이기까지 하는 한 명에게 이 많은 숫자의 무인들이 두려움을 느끼고 있다.

철무극이 남아 있는 수하들을 슬쩍 확인했다.

백여 명이 조금 넘는 인원이 이곳에 도착했다. 그리고 그게 고작 반 시진도 채 되지 않았다. 그런데 그 짧은 시간에 벌써 자신들의 숫자는 그 절반 이상으로 떨어져 있었다.

남아 있는 숫자는 고작해야 사십여 명 남짓.

'젠장…….'

서역으로 뻗어 나가기 위한 교두보인 사사혈교를 이 인원으로 어찌 완벽히 손에 넣을 수 있단 말인가. 더군다나 살아 있는 자들 중에서는 꽤나 큰 부상이 있는 자들도 역력하다.

그리고 결정적으로 자신 또한 그리 상태가 좋지 못했다. 이런 상황에서 사사혈교까지 손에 넣는 건 무리다.

'작전을 바꾼다.'

분했다.

분한 건 분명 사실이다. 그렇지만 철무극은 수장으로서 판단을 내려야만 했다.

분명 서역의 교두보를 확보하는 계획이 어그러진 건 큰

문제였지만 지금 이 순간은 눈앞에 있는 저 한 명에게 집중해야 한다.

훗날을 위해 힘을 아끼려 들다가는 더욱 최악의 상황에 직면할 수 있음을 철무극은 잘 알고 있었다.

그리고 철무극은 확신했다.

'서역으로 향하는 교두보는 중요하다. 그렇지만…… 저 자의 목숨은 그보다 중요하다.'

사사혈교를 포기하더라도 저자를 죽이는 것.

그것이 더 큰 가치가 있다 철무극은 그리 판단했다.

그렇게 철무극이 남은 온 힘을 비설에게 쏟아 내기로 마음의 결정을 내리는 그때.

비설의 어깨에 힘겹게 버티고 있던 만보신면이 그녀에게 말을 걸어왔다.

"……이보시오."

힘없는 목소리는 당장이라도 숨이 끊어질 것처럼 가늘었다.

비설이 피투성이의 얼굴로 슬며시 고개를 돌려 만보신면의 얼굴을 확인할 때였다.

그가 부들거리는 입술을 억지로 움직이며 말을 이었다.

"날…… 버리시게."

2장. 흑가잠

— 다음!

자신을 버리라는 만보신면의 그 한마디.

비설이 고개를 마구 저었다.

"조금만 더 버티시면 돼요. 그러니까 마음을 단단히……."

"아닐세. 내 비록 자네처럼 뛰어난 무인은 아니지만 의술에는 어느 정도 조예가 있지. 그랬기에 내 몸 상태는 내가 잘 아네. 난 이미 틀렸어."

만보신면의 말대로 그는 의술에 박식한 지식이 있었다.

그랬기에 그는 처음 독에 중독되었을 그때부터 어느 정도 이렇게 될 거라는 걸 예측하고 있었다.

애초부터 바로 해독약을 먹으면 모를까 그렇지 않고서는

독을 버텨 낼 수 없을 정도로 최악의 몸 상태였다.

지하에서 갇혀 지내며 이미 안팎으로 심신이 망가질 대로 망가진 상황이다.

멀쩡했어도 버티지 못했을 독을 이런 몸으로 어찌 버텨 낼 수 있겠는가.

비설의 등에 매달린 채로 힘을 잃어 가는 그 와중에 만보신면도 싸움을 하고 있었다. 죽음이 다가오는 자신과 말이다.

죽음이라는 거, 당연히 두렵다.

그렇지만 그 두려움에 비해 만보신면의 마음은 가벼웠다.

애초에 죽었던 목숨이라 여기면 그만이니까.

그 지옥 같은 지하도에 갇혀 살면서 목숨을 끊지 않은 이유는 오직 한 명, 딸을 위해서였다. 그런 딸이 이미 죽고 없는 지금…… 굳이 살고 싶은 욕심마저도 사라졌다.

그리고 지금 이 상황이 비설에게 얼마나 버거울지 만보신면 또한 알고 있었다.

말도 안 되는 싸움이다.

시작하자마자 끝났어야 옳을 싸움. 그런데 놀랍게도 이 자는 그 많은 숫자의 무인을 상대로 싸우고 있었다. 그것도 짐 덩어리인 자신을 등에 둘러업은 채로.

실로 놀라운 무위.

그렇지만 점점 궁지로 몰리는 비설을 보며 만보신면은 결국 결단을 내린 것이다.

어차피 죽을 것은 자명한 사실.

이런 와중에 자신을 구하기 위해 움직여 준 사람까지 같이 지옥으로 끌려가게 하고 싶은 마음은 없다. 더군다나 이 자의 목표, 그 목표는 만보신면에게도 중요한 것이었다.

비설보다 먼저 만보신면이 말을 이었다.

"자네, 내가 만든 인피면구를 벗기고 싶다 했지?"

비설은 말없이 고개를 끄덕였고, 그런 그녀에게 만보신면이 자신이 꽉 안고 있던 통을 가리키고는 갑자기 말이 아닌 입 모양만 벙긋거렸다.

비설만 볼 수 있도록 말이다.

입 모양만 벙긋거렸지만 비설은 그가 무슨 말을 하는지 알 수 있었다. 혹시나 이 이야기가 새어 나갈까 두려워 입 모양만으로 비설에게 의사를 전달하고 있는 것이다.

「이 통에 커다란 누에가 하나 있네. 그렇지만 그건 보통 누에가 아닐세. 흑가잠(黑家蠶)이라 불리는 놈으로 내 인피면구는 이놈이 뿜어내는 실로 만들어지지.」

입 모양으로만 벙긋거리며 말을 전달하는 것조차 버거웠는지 만보신면은 잠시 숨을 골랐다. 그러고는 곧바로 다시금 벙긋거리며 자신이 하고자 하는 말을 전했다.

「흑가잠은 낮에는 실을, 그리고 밤에는 이상한 액을 토해 낸다네. 실이 인피면구를 만들어 내는 재료라면, 그 액이 바로 그걸 녹아내리게 만드는 효능이 있다네.」

만보신면의 말을 전해 들은 비설이 그가 꽉 안고 있는 통을 놀란 눈으로 바라봤다. 말을 끝낸 만보신면이 힘겹게 웃으며 물었다.

"내 말 알아들었는가?"

"예, 전부요."

"그럼 부탁하네. 내 죽는 건 상관없지만…… 적어도 날 이리 만든 놈들에게 내 나름의 복수는 하고 싶었거든."

자신을 가둔 자들의 목표.

그게 뭔지 만보신면은 모른다. 그렇지만 그 계획을 위해 자신이 만든 인피면구를 가져다 쓴 건 알고 있다. 딸을 위해 억지로 해야만 했던 일.

그렇지만 딸이 이 세상에 없다는 사실을 알았고, 그들에게 속아 어둠만 가득한 지하에서 살아야 했다는 것도 알았다.

그런 지금 자신이 할 수 있는 최고의 복수.

그건 바로 그 인피면구를 망가트려 그들의 계획 또한 망가트리는 것이었다.

희미한 웃음과 함께 만보신면이 통을 꽉 껴안으며 말했다.

"날 구하러 와 준 이에게 미안하지만 내 복수도 부탁하지."

"……네, 어르신."

"그럼 이만…… 나는 좀 쉬고 싶군그래. 잠시 눕혀 주겠는가."

비설이 고개를 끄덕이고는 등 뒤에 그를 업은 채로 옆으로 걸음을 옮겼다. 갑작스레 비설이 움직이자 바짝 긴장하고 있던 혈갑도수대의 무인들이 움찔했지만 그녀는 곧 발걸음을 멈추고 업고 있던 만보신면을 바닥에 내려 주었다.

벽에 기댄 듯 앉은 그가 얼굴에 희미한 웃음을 머금은 채로 눈을 감고 있었다. 이곳까지 가지고 나온 통을 꽉 안은 채로.

비설은 잠시 그런 그를 응시했다.

그녀에게 모든 사실을 전한 만보신면, 그는 그 말을 끝으로 숨을 거둔 것이다.

이 모든 사실을 알리기 전에는 죽지 않기 위해 억지로 숨을 잡고 있던 그가, 결국 모든 임무를 끝마치고 편안하게 눈을 감은 것이다.

비설은 죽고서도 손에서 놓지 않는 통을 바라보며 죽은 이에 대한 예의를 갖췄다.

'다음 생에는 행복하시기를.'

만보신면을 위한 짧은 한마디를 끝낸 그녀가 몸을 돌려 적들을 응시했다.

만보신면이 들고 있는 통은 일부러 건드리지 않았다. 나무로 된 통이니 깨질 위험도 있고, 저걸 들고 싸운다면 저들도 바보가 아니고서야 그게 중요한 물건이라는 걸 눈치 챌 것이다.

어차피 지금 저들이 노리는 건 자신이다.

죽어 버린 만보신면에게는 관심이 없을 거라는 확신이 있었다. 하물며 그런 그가 들고 있는 통 따위는 더더욱.

지하의 공간이 붕괴한 지금 흑가잠은 저 통에 있는 게 전부다. 흑가잠이 담겨 있는 통을 지켜야 했기에 비설은 오히려 그걸 더 신경 쓰지 않는다는 듯 내팽개쳐 뒀다.

그런 비설의 행동 덕분일까.

죽어 버린 만보신면의 모습을 곁눈질로만 확인하고는 그

누구도 그쪽으로는 시선조차 주지 않았다.

어느 정도 저들의 눈을 속이는 걸 성공했다 생각하며 비설은 죽으면서까지 만보신면이 알려 줬던 것들을 머리에 상기했다.

'어르신의 복수 제가 해 드릴게요. 그렇지만 도망치라는 건 못 들어 드릴 것 같네요. 그렇게…… 호락호락 도망칠 수 있는 상대가 아니거든요.'

몸 상태가 멀쩡했다면 모를까 지금은 뒤를 보이고 움직이는 게 더 위험할 수 있다.

비설은 자미쌍검을 치켜들었다.

'이곳에서 끝낸다.'

등 뒤에 업고 있던 만보신면을 내려놓으니 한결 움직임이 가벼워진 건 사실이다. 그녀가 온몸에 부상을 안고도 땅을 박차고 올랐다.

비설이 든 검의 움직임이 기묘하게 비틀렸다.

분명 검법이거늘, 그 움직임이 마치 몽둥이를 휘두르는 것처럼 느껴진다.

당연하다.

지금 비설이 펼치는 건 개방 방주들에게만 전해진다는 타구봉법을 검법에 맞춰 새롭게 각색한 무공이었으니까.

쉼 없이 휘둘리는 검이 그녀를 가로막아서고 있던 자들

을 미친 듯이 베어 넘겼다.

단번에 치고 나가던 비설이 노리는 건 다름 아닌 철무극, 바로 그였다.

치고 들어오는 비설의 공격에 철무극이 비릿한 미소를 머금었다.

뒤틀렸던 속이 이미 어느 정도 안정이 된 상황.

내력이 담긴 비설의 공격을 그가 힘차게 받아쳤다.

카앙!

밀려 나간 건 비설 쪽이었다.

내상을 어느 정도 회복한 그와는 달리 비설은 그 짧은 틈에도 혈갑도수대의 공격을 연신 받아 내야만 했다.

오히려 몸에 생긴 잔부상들까지 더 생기며 출혈까지도 많아진 상황.

힘에 밀린 비설에게로 움직이는 철무극이 갑자기 방향을 틀었다.

피가 연신 눈으로 흘러 들어가며 시야가 좁아진 걸 노린 공격이었다. 보이지 않는 사각 지역에서 날아드는 공격, 그렇지만 비설은 눈으로 확인하지 않고도 그 움직임을 읽어 냈다.

그녀가 자미쌍검을 어깨에 걸친 채로 떨어져 내리는 도를 받아 냈다.

쩌어엉!

대지가 흔들릴 정도의 충격파가 사방으로 퍼져 나갔다.

흙먼지가 마구 일었고, 덩달아 밀려온 바람에 두 사람의 옷자락과 머리카락이 펄럭였다.

맞댄 상태로 있던 자미쌍검이 미끄러지듯이 도신을 타고 찌르고 들어갔다.

푸욱.

생각지도 못한 공격에 놀란 철무극이 몸을 비틀다가 검에 어깨를 찔리고야 말았다. 그렇지만 철무극은 그대로 비설을 향해 도의 손잡이로 찍어 들어갔다.

거리가 워낙 가까웠기에 도를 휘두르는 건 무리였고 그랬기에 뒤편의 손잡이로 목을 후려친 것이다.

비설 또한 날아드는 공격을 막기 위해 어깨를 들어 올려 급소를 보호했다.

그렇지만 손잡이에 어깨가 찍혀져 나가며 피가 터져 올랐다.

머리에서부터 발까지.

성한 곳 하나 없던 비설은 어깨에 울리는 충격에 균형을 잃고 비틀거렸다.

그런 그녀에게 날아드는 철무극의 손바닥.

그리고 질세라 비설도 손바닥을 내뻗으며 그런 철무극의

공격을 마주했다. 손바닥이 맞부딪치며 둘은 약속이라도 한 것처럼 뒤로 튕겨져 나갔다.

바닥을 몇 바퀴나 데굴데굴 구르며 간신히 몸을 일으켜 세운 둘. 그렇지만 그 틈에 다시금 혈갑도수대의 무인들이 비설의 힘을 빼려는 듯 달려들었다.

거의 무릎을 꿇다시피 앉은 채로 거친 숨을 몰아쉬던 비설이 달려드는 그들을 향해 검을 움직였다.

서걱.

발을 베고 지나가는 검, 그리고 쓰러지는 그들을 향해 비설의 일격이 치고 들어갔다. 그렇지만 그 와중에서도 파고든 누군가가 비설의 등을 벴다.

좌악!

다시금 튀어 오르는 피.

허나 그 대가로 비설에게 상처를 입힌 자는 목이 꺾인 채로 바닥을 나뒹굴어야만 했다.

"헉헉."

가쁜 숨을 몰아쉬며 비설은 견제를 하듯이 주변으로 검을 휘저었다.

휙휙.

그 의미 없는 움직임에 발을 내디디려던 몇몇의 무인들이 움찔하고는 걸음을 멈추고야 말았다.

피로 인해 뿌옇게 변한 시야에 비설은 몇 번이고 눈을 껌뻑였다. 머리가 띵했고, 다리는 후들거렸다.

그렇지만 비설은 검에 몸을 지탱한 채로 몸을 일으켜 세웠다.

그녀가 땅에 박아 뒀던 검을 뽑아 들었다.

그리고 그 순간 비설의 검으로 은은한 자색의 기운이 몰려들기 시작했다.

천천히, 그렇지만 맹렬한 기운과 함께.

그 모습에 철무극이 놀란 눈으로 중얼거렸다.

"아직까지도 강기를 쓸 힘이 남아 있다니 놀랍군."

백여 명에 달하는 이들과 쉼 없이 싸워 댔던 비설이다.

지금까지 버티고 서 있는 것도 놀라운 지경인데 그 와중에 강기라니?

강기는 내공의 소모가 극심한 무공이다.

물론 그만큼 파괴력을 갖췄지만…… 그걸 쓴 이후 과연 이자는 버틸 힘이 남아 있을까?

'이 공격만 막아 내면 끝이다.'

철무극은 확신했다.

거머리같이 지독한 놈이다. 허나 그것도 이제 얼마 남지 않은 모양이다.

강기를 준비하는 비설을 향해 철무극 또한 마찬가지로

힘을 끌어 모았다. 강기에는 강기로.

청색 강기가 도신을 타고 주변을 잠식해 들어갔다.

갑자기 밀려드는 강기에 혈갑도수대의 무인들이 황급히 거리를 벌렸다. 잘못해서 이 강기의 싸움에 말려들었다가는 뼈도 추리지 못할 거라는 걸 알고 있기 때문이다.

절정을 넘어서 초절정의 경지에 오른 이들의 강기 대결.

인근의 모든 것이 파괴될 것이고, 거대한 후폭풍이 밀려들 게 분명했다.

둘 사이에 이는 차가운 침묵.

그렇지만 서로의 병기를 감싸기 시작한 강기는 수많은 대화를 하고 있었다.

청색 강기에 휩싸인 도를 치켜들던 철무극의 시선이 비설의 양손에 들린 검으로 향했다.

자색의 빛을 띠던 기운이 점점 그 색과 힘을 더하기 시작하더니 급기야는 주변의 모든 것들을 물들이는 것이 아닌가.

그 아름다운 모습에 눈을 크게 치켜떴던 철무극이 퍼뜩 뭔가를 떠올리고는 놀란 듯 중얼거렸다.

"……자하강기?"

화산파 문주에게만 전해진다는 자하신공을 기반으로 하는 강기다.

자하신공을 알아본 그가 재차 말했다.

"어떻게 자하신공이 아직도 남아 있는 거지?"

허나 그 질문에 대답할 이유가 없는 비설이었다. 그녀는 대답 대신 자신의 몸을 날렸다. 그녀의 자미쌍검에 맺힌 자색의 강기, 자하강기가 뿜어져 나왔다.

쿠카카카캉!

주변에 있던 건물들이 기다렸다는 듯이 휩쓸리며 자하강기의 간격 안으로 빨려 들어갔다. 맹렬하게 밀려드는 강기를 보며 철무극 또한 자신의 손에 들린 도를 움직였다.

풍렬혈마신강이라 불리는 그의 독문무공이다.

강기와 함께 몸을 날린 두 사람의 힘이 동시에 충돌했다. 강기가 충돌하는 지점을 시작으로 해서 주변으로 퍼져 나가는 힘이 땅을 뒤집어엎었고, 하늘을 울렸다.

쿠웅!

아까까지와는 비교도 안 될 정도로 매서운 바람이 휘몰아치며 두 사람의 사이가 터져 나갔다.

펑펑펑!

수십, 수백 개의 폭약이 터져 나가듯 주변의 모든 것들이 깨어져 나가는 강기의 회오리 속에서 두 사람의 신형 또한 마주했다.

촤르륵!

베어 들어가는 비설, 그리고 그런 그녀의 공격을 기다렸다는 듯이 받아 내는 철무극이었다.

둘의 검과 도가 마주하는 그 순간, 미친 듯이 휘몰아치던 바람과 함께 강기 또한 점점 사그라졌다. 그렇게 서로 병기를 마주한 두 사람.

비설을 마주한 상태로 철무극이 부들거리는 입꼬리를 억지로 옆으로 추켜올렸다.

웃은 것이다.

'이겼다. 내가 이겼어!'

억지로 웃기 위해 비튼 입에서 새카만 피가 주르륵 흘러내렸다. 이빨마저도 피가 번들거리는 상태에서도 그는 계속해서 웃었다.

최후의 일격을 받아 냈고, 비설은 이제 버텨 낼 힘이 없을 것이다. 그에 비해 자신은 수하들이 있다. 이 싸움은 이렇게…….

푸욱.

웃고 있던 철무극이 갑자기 움찔했다.

여전히 비설과 무기를 맞댄 채로 철무극은 슬며시 시선을 내려 자신의 배를 내려다보았다. 그리고 그곳엔 뒤편에서 자신의 배를 관통하고 나온 한 자루의 도가 있었다.

미소가 사라진 얼굴로 고개를 치켜든 철무극의 시선에

비설의 모습이 들어왔다.

그가 힘겹게 입을 열었다.

"너, 너 설마……."

말을 꺼내기 무섭게 아까보다 더 많은 양의 검은 피가 쏟아져 내렸다. 도가 몸을 관통하면서 속이 완전히 부서져 버렸다.

분명 비설의 양손은 자신의 도가 묶어 두었다.

거기다가 이 공격은 앞이 아닌 뒤에서 날아들었다. 이런 상황이 이루어지는 건 단 하나의 가정밖에는 생각할 수 없었다.

허나 그건 말이 되지 않았다.

투욱.

그가 손에 들고 있던 커다란 도를 떨어트렸다. 그러고는 배를 관통한 도를 손으로 움켜잡으며 입을 열었다.

"……이기어검이었던가?"

비설은 대답 대신 고개만 끄덕였다.

그런 그녀의 대답에 철무극은 본인이 묻고도 믿지 못하겠다는 듯 고개를 저었다.

"나와 강기 대결을 펼치면서 이기어검을 펼쳤다고? 그게 가능할 리가 없지 않느냐!"

버럭 소리치는 그의 입에서 피가 터져 나왔다.

그럼에도 불구하고 철무극은 비설을 매서운 눈으로 노려보고 있었다.

강기를 사용하며 전력을 다하는 상황에서 이기어검이라니, 믿을 수가 없었다.

두 가지 모두 극도의 내력을 사용해야만 가능한 무공들. 그런데 그 두 가지를 한 번에 해낸 것이다.

그것도 이렇게나 몸이 망가진 상황에서.

그런 철무극의 외침에 비설 또한 진탕이 된 속을 다스리며 힘겹게 대꾸했다.

"어릴 때부터 온갖 영약이란 영약은 다 먹고 자라서요. 그땐 그렇게 쓴 걸 먹어야 되는 게 참 싫었는데…… 이제 와서 보니 싹싹 긁어 먹길 잘했네요."

구파일방이나 오대세가를 비롯해 정파가 지니고 있는 수많은 영약들을 입에 달고 살아온 탓에 비설은 그녀의 나이에는 절대 가질 수 없는 막대한 내공을 가지고 있었다.

그랬기에 지금 이 위험한 순간에도 강기와 이기어검을 동시에 사용해 철무극의 몸에 도를 박아 넣을 수 있었던 것이다.

철무극은 비틀거리며 억지로 몸을 일으켜 세웠다.

시야가 점점 흐려지고 숨은 당장이라도 넘어갈 것만 같이 가쁘다.

철무극은 알 수 있었다.

지금 자신이 죽을 거라는 것을.

허나 그 와중에서도 철무극은 알고 싶었다.

그가 천천히 손을 뻗어 비설의 복면의 아랫부분을 움켜잡았다.

철무극이 피를 토하면서 말했다.

"보여 다오. 날 죽인…… 무인의 얼굴을."

그 말과 함께 철무극의 몸이 천천히 뒤로 무너져 내렸다. 그리고 그런 그의 손에 움켜쥔 복면이 빨려 나가듯이 벗겨졌다.

숨을 거두려는 그 순간에도 철무극은 벗겨져 나가는 복면의 저편에 있는 상대의 얼굴을 바라봤다.

복면이 벗겨지며 드러난 얼굴.

젊다는 건 어느 정도 예측했지만 복면이 벗겨지며 드러난 얼굴은 젊다 못해 아직 풋내가 느껴질 정도였다.

하얗고 고운 얼굴.

'이렇게…… 어린 자였단 말인가.'

기가 차다는 듯이 비설의 얼굴에 시선을 고정한 채로 마침내 그의 몸이 완전히 뒤로 무너졌다.

쿠웅.

쓰러진 철무극. 비설은 고개를 숙인 채로 그의 손에 들린 복면을 들어 다시금 입을 가렸다.

철무극은 쓰러졌다.

그렇지만…….

'아직 끝나진 않았어.'

남아 있는 서른여 명의 혈갑도수대의 무인들이 눈에 들어온다.

지금 당장 쓰러져도 이상하지 않을 정도로 피곤했지만 그녀는 멍해지는 정신을 붙잡았다.

자미쌍검을 든 비설이 자신에게 달려드는 무인들의 움직임을 읽어 냈다.

그녀가 힘겹게 검을 휘둘렀다.

남아 있는 내력을 쥐어짜며 휘두른 공격에 선두에 있던 자가 쓰러졌다.

그렇지만 연달아 밀려드는 공격에 비설은 뒷걸음질 치다 결국 팔이 베이고야 말았다.

그런 비설의 모습에 은근 겁을 먹고 있던 혈갑도수대의 무인들이 눈을 빛내는 그 순간이었다.

번쩍!

갑자기 솟구쳐 오른 그녀가 상대의 머리통을 잡고는 그대로 땅에 박아 넣은 것이다. 피가 뚝뚝 떨어지는 손으로 검을 쥔 그녀가 힘겹게 고개를 치켜들었다.

그런 비설의 모습에 잠시나마 솟았던 용기가 거짓말처럼 사그라졌다.

차가운 입김이 뿜어져 나와 허공을 수놓는다.

비설은 이를 악물었다.

그녀가 검을 든 채로 소리쳤다.

"다음!"

*　　*　　*

그로부터 약 이각 가까운 시간이 지났을 무렵.

끼이익.

굳게 닫혀 있었던 장원의 문이 열렸다.

그리고 열린 문을 통해 누군가가 비틀거리며 걸어 나왔다. 수십 개의 베인 흔적을 비롯해 피투성이 모습의 여인, 비설 그녀가 만보신면이 남긴 통을 든 채로 모습을 드러낸 것이다. 그녀가 입을 가리고 있던 복면을 거칠게 풀어 내렸다.

풀어 버린 복면을 손에 쥔 채로 비설이 하늘을 올려다봤다.

깊었던 어둠이 천천히 밀려나며 새벽이 찾아오고 있었다.

그녀가 힘겹게 걸음을 옮기기 시작했다.

그리고 그런 비설의 뒤편에 열린 문으로 드러난 장원 내부의 모습.

그것은 실로 경악 그 자체였다.

쓰러져 있는 백여 명에 달하는 무인들. 그들이 들고 있던 도와 혈갑도수대의 자부심으로 여겨졌던 붉은색 갑옷 또한 이미 모두 박살이 나서 나뒹굴고 있었다.

3장. 임무 완수

— 말하지 마세요

작은 동굴 속.

그곳에 위치하고 있던 비설이 꿈틀했다. 잠시 동굴에 자리를 잡은 비설은 혼절해 있다 힘겹게 정신을 차린 것이다.

눈을 뜬 그녀의 상태는 결코 좋아 보이지 않았다.

너무나 많은 부상 때문이다.

혈도를 점혈하여 출혈은 멈춰 두고, 비상용 금창약으로 대충 치료를 하긴 했지만 이건 긴 시간 동안 누워 있어야 할 중상이다.

그럼에도 불구하고 비설은 그 장원을 떠나기 무섭게 다급히 움직였다.

혹시 모를 추가 병력을 염두에 두어 비설은 다친 몸을 이끌고 강으로 향했다. 평소였다면 모를까 최악의 몸 상태, 이럴 때 아무리 조심해도 흔적이 남기 쉽다는 걸 아는 비설은 아픈 몸을 이끌고 강물로 뛰어들었다.

육로와 달리 수로는 흔적이 남지 않으니까.

점혈을 해두긴 했지만 무리한 탓에 피로함과 고통이 덩달아 밀려들었다.

추운 물을 반나절 가까이 거슬러 올라오던 비설은 어느 정도 거리를 벌렸다 생각하고서야 육지로 걸어 올라왔다.

그리고 잠시나마 쉬기 위해 찾은 장소.

그것이 바로 지금 이 동굴이었다.

가까스로 눈을 뜬 비설의 얼굴은 핏기조차 느껴지지 않을 정도로 창백했다.

비설은 고통이 밀려드는 가슴을 움켜쥐고는 정신을 차리려는 듯이 가볍게 고개를 흔들었다.

잠시 쉬겠다고 들어왔거늘 참지 못하고 혼절했던 모양이다.

정신을 차린 그녀가 동굴 바깥을 슬쩍 올려다봤다.

해의 위치를 확인하고서야 비설은 안도의 한숨을 내쉬었다.

다행히 한 시진 정도 혼절해 있었던 모양이다.

반나절 이상이 지나갔으면 어떻게 하나 걱정했는데 그나마 다행이었다.

비설이 동굴 벽에 등을 기댄 채로 발에 힘을 주었다. 그녀가 억지로 몸을 일으켜 세우고는 숨을 몰아쉬었다.

몸 상태는 분명 최악이었다.

그렇지만 비설은 이곳에서 머뭇거릴 시간적 여유가 없었다.

'춘절까지는 얼마 안 남았어.'

원래의 몸 상태였다면 시간 내에 마교로 돌아가는 건 일도 아니었으리라.

그렇지만 지금은 아니다.

조금만 움직여도 몸이 비명을 질러 댔고, 무거운 눈꺼풀과 함께 깊은 수마(睡魔)가 그녀에게 달라붙었다.

맘 편히 누워 깊이 잠이라도 자면 참 좋겠지만…….

비설은 약해지려는 마음을 억누르며 힘겹게 동굴 바깥으로 몸을 내밀었다.

내리쬐는 태양을 마주하는 것만으로도 비설은 휘청거렸다. 그러나 그녀는 자신의 양 무릎을 손으로 내리눌렀다.

가야 했으니까.

혁련휘가 기다리고 있는 마교로.

비설이 비틀거리며 걸음을 옮기기 시작했다.

*　　*　　*

춘절의 날이 밝았다.

최대의 명절을 맞은 마교의 분위기는 한껏 달아올라 있었다.

외부로 나갔다가 오랜만에 돌아온 마교의 무인들, 그리고 그런 그들의 가족까지.

마교 내부에 있는 술집들은 하루가 멀다 하고 사람으로 바글거렸고, 시끌시끌했다. 그렇게 시간이 흘러 마침내 찾아온 오늘.

시끄러운 외부와 달리 혁련휘의 거처는 조용했다.

아니, 오히려 분위기가 가라앉았다고 해야 옳을 것이다.

임무를 수행하기 위해 나섰던 비설.

그녀가 아직 돌아오지 않은 것이다.

한자리에 모여 앉은 혁련휘 일행들 중에서 부의민이 불안한 표정으로 연신 바깥을 내다보며 중얼거렸다.

"대체 왜 아직까지 안 오는 거야?"

부의민의 중얼거림에 혁련휘의 눈치를 살피고 있던 환야가 다급히 말을 받았다.

"거리가 좀 떨어져 있으니 오는 데 시간이 좀 걸리겠지."

“그렇다고 해도 그 녀석치고 너무 늦는데.”

부의민의 그 말에 의자에 앉아 무표정하니 앉아 있던 혁련휘가 슬쩍 꿈틀했다. 환야가 표정을 구긴 채로 부의민을 노려봤다.

어떻게든 좋게 넘기려 했는데, 부의민이 쓸데없는 말을 내뱉은 탓이다.

‘어휴, 저 눈치 없는 자식.’

비설이 돌아올 거라 여겼던 때는 정확하게 삼 일 전이다.

빠르면 그 날, 늦어도 이틀 전쯤엔 도착할 수 있다 여겼다.

그런데 비설은 오지 않았고, 그때를 기점으로 해서 시간이 지날수록 혁련휘의 표정이 말로 형용하기 힘들 만큼 차갑게 변하고 있었다.

물론 잘 모르는 사람이 보기엔 똑같다 여길지 모르지만 꽤나 오랜 시간 혁련휘의 옆을 지킨 환야는 그 미묘한 차이를 너무나 잘 알고 있었다.

비설이 돌아오지 않자 혁련휘는 식사조차 제대로 하지 않고 그녀를 기다렸다.

말은 하지 않았지만 비설을 그곳으로 보낸 걸 아마도 적지 않게 후회하고 있는 듯이 보였다.

물론 혁련휘는 비설을 믿는다.

그녀라는 사람을, 또 놀라운 실력까지도.

혁련휘가 명령을 내린 것도 아닌 비설 스스로 가겠다고 나선 것이기도 했지만 그럼에도 불구하고 그는 그녀가 신경 쓰였다.

자신이 한 말이라면 어떻게든 해내려고 하는 비설이라는 걸 잘 알고 있다. 그랬기에 혹시나 위험한 걸 알면서도 피하지 않았다면…….

"후우."

생각이 길어지던 혁련휘가 자신도 모르게 한숨을 내쉬었다.

평소에 절대 보이지 않는 모습을 본 부의민이 그런 혁련휘의 속도 모르고 말했다.

"너도 이 행사가 워낙 중요한 일이다 보니 신경이 쓰이나 보네. 한숨을 다 쉬고."

"……그거 때문이 아니야."

"춘절 행사 때문이 아니라고? 그럼 왜 한숨을 쉬는 건데?"

솔직히 말해 혁련휘의 머리에 이미 춘절 행사 따위는 없었다.

자신과 적대적인 관계에 있는 그들이 이 자리에서 가짜 소교주를 진짜 마교의 후계자로 만들려고 한다는 것도 잘 안다.

그렇지만 지금 당장에 혁련휘에게 중요한 건 그런 것들이 아니었다.

비설, 그녀의 무사한 모습이 보고 싶었다.

뭣도 모르고 물어 오는 부의민을 팔꿈치로 쿡쿡 치며 옆으로 밀어낸 환야가 혁련휘에게 다가와 말했다.

"너무 걱정 마시죠, 대장. 그 녀석 실력 잘 아시지 않습니까."

"알지. 아니까…… 신경 쓰이는 거야. 그 정도 실력자가 시간 내에 오지 못했다는 건 그만큼 큰일이 벌어졌을 공산이 크다는 소리니까."

비설의 실력이라면 어지간한 변수는 애초에 문제도 되지 않는다. 그런 그녀가 대응할 수 없는 변수라면 그거 자체가 엄청난 일일 확률이 높다.

둘의 대화를 듣고만 있던 달치가 갑자기 끼어들었다.

"달치, 비설 보고 싶다. 비설 금방 온다더니 안 온다."

혁련휘의 속도 모르고 말을 꺼내는 둘을 보며 환야는 푹 한숨을 내쉬었다.

'하여튼 눈치 없는 놈들.'

그렇게 확 가라앉은 분위기가 감돌고 있을 때였다. 바깥에서 기척이 느껴지며 목소리가 들려왔다.

"대공자님, 모시러 왔습니다."

목소리의 주인공이 누군지는 굳이 얼굴을 보지 않아도 알 수 있었다.

오늘 있을 춘절 행사를 돕고 있는 혈뢰주가의 가주 주석인이다.

주석인의 목소리를 들은 혁련휘가 표정을 확 구기며 자리에서 일어났다.

그가 찾아왔다는 말은 춘절 행사가 곧 시작될 거라는 걸 뜻했다. 자리에서 일어난 혁련휘가 환야를 향해 빠르게 전음을 날렸다.

『환야, 혹시 모르니 비파월을 통해 비설의 흔적을 찾아봐 줘.』

『알겠습니다. 그럼 전 비파월에 갔다가 합류하겠습니다.』

『그렇게 해.』

고개를 끄덕이며 혁련휘가 일어났고, 환야를 제외한 나머지 일행들 또한 마찬가지로 자리에서 움직였다. 멀뚱히 홀로 앉아 있는 환야에게 막 나가려던 부의민이 물었다.

"넌 안 와?"

"난 잠깐 할 일이 있으니 먼저 가서 대장 잘 보필하고 있어."

"귀찮게."

불만스럽다는 듯 투덜거리면서도 부의민은 환야가 자리를 비운다는 말에 빠르게 혁련휘에게 따라붙었다. 환야가 없을 때는 그를 대신해 혁련휘의 위신을 세우기 위해 움직이고 있는 부의민이다.

그가 재빠르게 혁련휘보다 먼저 뛰어나가 문을 열었고, 바깥에서는 대기하고 있던 일련의 무리들이 모습을 드러냈다.

주석인과 그의 가문의 사람들.

오십여 명에 달하는 이들이 혁련휘를 기다리고 있었다. 그리고 그들의 선두에 선 주석인이 혁련휘를 향해 포권을 취하며 웃음을 터트렸다.

"옷이 잘 어울리십니다."

흑룡포를 입고 있는 혁련휘를 향해 주석인이 친근하게 말을 걸었다. 그런 그를 향해 혁련휘가 퉁명스럽게 말을 받았다.

"알아서 찾아갈 터인데 이리 찾아올 줄은 몰랐군."

"총책임자이신 대공자님 아니십니까. 제가 보필해야지요."

웃으며 말하는 주석인.

그렇지만 혁련휘는 그 속내를 잘 알고 있었다.

보필?

우스운 소리다.

감시를 하기 위해 붙은 주석인이었기에 거사를 벌이려 하는 오늘 혁련휘의 예측 불허의 행동을 사전에 차단하기 위해 이토록 찾아온 것이다.

가까이서 그의 움직임을 감시하고, 혹여 모를 일에 대비한다.

그것이 바로 주석인의 임무다.

바깥으로 혁련휘가 걸어 나오자 그런 그의 옆으로 주석인이 빠르게 따라붙었다. 그리고 혁련휘의 걸음걸이에 맞추어 주석인을 비롯하여 혈뢰주가의 무인들 또한 따라 움직였다.

옆에 붙은 채로 걷던 주석인이 괜스레 말을 걸어왔다.

"교주님께서는 오늘 참석하실 수 있을는지요."

"……글쎄."

"허허, 대공자님도 듣지 못하신 겁니까? 저는 통 뵙기 힘들어서요. 몸이 안 좋으시다 하시기에 그리 알고 있었는데 전에 뵈니 아주 정정하시더군요. 그 정도셨으니 오늘 춘절 행사엔 오시지 않을까요?"

주석인이 다시금 떠보듯이 물었다.

그들의 계획에 있어 가장 신경이 쓰이는 존재는 다름 아닌 혁무조, 바로 그였으니까.

교주가 지금 혁리원 행세를 하는 자가 자신의 아들이 아니라는 걸 알고 있다는 사실은 이미 전해 들었다. 그 사실이 못내 신경이 쓰였지만…….

'그가 오든, 오지 않든 바뀌는 건 없다.'

아무리 교주라고 해도 그 많은 사람들이 모인 곳에서 혁리원에게 어찌하지 못할 것이다. 적어도 그가 가짜라는 걸 증명해 낼 방도가 없는 지금 괜한 행동은 가뜩이나 수세에 몰리고 있는 교주의 직위마저 흔들리게 할 테니까.

벗길 수 없는 인피면구.

그것이 가지는 힘은 상상을 불허했다.

아직 뚜껑을 열어 보지도 않았거늘 이미 이 싸움의 승패는 정해진 것이라 봐도 무방했다.

그 증거로, 걸음을 옮기는 주석인의 머리에는 이번 일이 아닌 그 이후의 계획들이 차오르기 시작했으니까.

'오늘 이후로 혁씨의 세상이 끝날 것이고 그렇게 되면…… 남은 건 묵룡천가와의 싸움인가.'

애초부터 묵룡천가나 혈뢰주가가 노리는 건 같았다.

교주의 자리, 바로 그것이다.

일인자의 자리라는 건 오로지 하나뿐이고, 그 하나의 자리를 가지기 위해선 상대를 꺾어야만 했다.

공동의 적이 있을 때야 손을 잡았지만 이제 그들을 무너트리면 그 순간부터 두 세력은 서로의 적이 될 것은 당연한 수순이다.

'후후, 천 가주. 그대는 당신이 유리하다 생각하고 있겠지.'

수많은 점에서 묵룡천가가 혈뢰주가보다 한발 앞서 나가게 보이는 건 사실이었다. 그렇지만 혈뢰주가에겐 비밀에 싸인 배후 세력이 존재했다.

그들의 존재가 묵룡천가와 자신들과의 싸움의 승패를 바꿀 거라 주석인은 믿고 있었다.

그렇게 새로이 지존의 자리에 오를 자신을 생각하며 자신도 모르게 주석인이 실실 웃고 있는 사이 혁련휘 일행과, 혈뢰주가의 무인들은 목적지에 도달할 수 있었다.

오늘 춘절 행사가 시작될 바로 이곳.

마인전(魔人殿).

마인전에는 이미 마교의 수많은 무인들이 몰려오고 있었다. 그리고 마인전의 뒤편으로 들어선 혁련휘는 기다란 계단을 타고 천천히 걸음을 옮겼다.

높은 단상 뒤편에 위치한 장소에 선 혁련휘의 시선이 멀리에서부터 밀려오고 있는 수많은 무인들에게로 향했다.

전에 들었던바 대로라면 오늘 모이는 자는 얼추 이만 명은 족히 된다 들었다. 그 정도의 인원이 들어설 수 있을 정도로 마인전의 크기는 어마어마했다.

밀려드는 무인들을 보며 주석인은 슬쩍 혁련휘를 곁눈질로 살폈다.

이 많은 무인들, 이들의 앞에서 혁련휘는 추락하게 될 게다. 그리고 대공자라는 자리가 얼마나 허울뿐인 직위인지 알 수 있으리라.

한동안 날뛰었던 혁련휘, 그런 그가 밀려드는 인원들을 말없이 보고 있는 모습을 보고 있자니 절로 비웃음이 흘러나왔다.

'막막한가 보구나.'

이토록 많은 숫자의 무인들이 모인 자리에서 새로운 후계자가 탄생하고, 자신은 뒤로 밀려나게 될 테니 막막한 것이 당연하다.

그토록 당당하게 굴던 혁련휘의 마지막을 보는 것 같아 한없이 초라하게만 보일 정도다.

허나 그런 주석인의 생각은 틀렸다.

밀려드는 인원을 바라보며 혁련휘가 생각하는 건 자신의 자리를 지키고자 하는 마음 따위가 아니었으니까.

수많은 인파 사이에서 보이지 않는 한 여인.

그들 속에서 혹시 있을지 모를 비설을 찾으며 혁련휘가

간절히 빌었다.

늦어도 좋다. 오늘 오지 못해도 괜찮다.

주먹을 꽉 쥔 혁련휘가 나지막이 속으로 중얼거렸다.

'……무사히만 돌아오너라.'

* * *

환야가 걷고 있었다.

그는 혁련휘의 명대로 비파월에 가서 비설에 대한 의뢰를 맡긴 상태였다. 거처로 돌아오기 위해 걸음을 옮기던 그가 자신도 모르는 사이에 깊은 한숨을 내쉬었다.

"후우."

혁련휘 앞에선 비설의 실력을 알지 않냐며 걱정하지 않아도 된다 호언장담을 했던 환야지만…… 그도 알고 있다.

지금 상황이 그리 좋지 못하다는 걸.

비설은 약속 시간이 돼서도 돌아오지 않았고, 혁련휘는 춘절 행사에 아무런 방비책 없이 맨몸으로 그들과 부닥쳐야 한다.

가짜 혁리원을 진짜 후계자로 만들려는 그들의 계획. 많은 이들이 그들과 뜻을 함께할 테니 막는 건 불가능에 가까울 것이다.

가짜가 진짜가 되는 것도 문제지만 지금 환야가 걱정하는 건 그 이후다.

과연 그게 다일까?

그들이 힘을 얻는 순간 가장 먼저 할 게 무엇이겠는가. 당연히 눈엣가시 같은 존재를 제거하려 할 것이다. 혁련휘와 적대 관계에 있는 그들이 노릴 상대라면 누구겠는가.

혁무조, 그리고 혁련휘다.

그렇지만 그들은 굳이 혁무조를 건드리려 하지 않을 것이다.

하루가 다르게 힘을 잃어 가는 그를 괜히 건드릴 필요는 없다 여길 테니까. 시간이 해결해 줄 문제를 괜히 들쑤셨다가 일을 만들 정도로 그들은 어리석지 않다.

그렇다면 그들이 제거할 목표는 하나.

바로 혁련휘다.

그리고 혁련휘를 쳐 내는 것이 권력을 쥐게 될 오늘이 될지, 아니면 내일이 될지는 그 누구도 장담할 수 없다.

허나 확실한 건 결코 그들은 시간을 끌지 않으려 할 거라는 소리다.

그 안에 비설이 무슨 비책을 가지고 돌아오지 않는다면 혁련휘는 이곳에서 자신을 축출해 내려는 그 많은 이들과 목숨을 건 싸움을 벌이거나, 아니면 마교에서 도망쳐서 다시금 기회를 엿봐야 한다.

마교의 수만 명이 넘는 무인과 싸우는 건 말도 안 되는 일이니, 결국 혁련휘가 모든 걸 내려놓고 도망쳐야 한다는 건데…… 내키지 않는 건 당연하다.

환야는 답답하다는 듯이 뒷목을 어루만지며 걱정스러운 마음을 드러냈다.

'정말 무슨 일이 생긴 건 아니겠지?'

비설은 대단한 실력자다.

어느 날 하늘에서 뚝 떨어진 듯 나타난 그녀를 보며 환야는 종종 생각했다.

이 여인은 혁련휘를 위해 하늘에서 내려 준 선물이 아닐까 하는 생각 말이다.

솔직히 말해 눈으로 보면서도 믿기 어려운 실력을 지닌 여인이다.

자신을 꺾은 우치라는 존재에게도 전혀 밀리지 않던 실력, 그 정도의 실력자를 어찌할 수 있는 자가 만보신면을 가둬 둔 곳에서 고작 감시자로 있을 리가 없다.

그런데도 불구하고 돌아오지 못하고 있는 비설.

어찌 걱정이 들지 않을 수 있으랴.

걸음을 옮기는 환야의 귀로 커다란 북소리가 울려왔다. 멀리에서 울리고 있음에도 불구하고 이곳까지 밀려온다는 건 그만큼 그 소리가 커다랗다는 걸 의미했다.

그리고 그 북소리의 정체를 환야는 알고 있었다.

'춘절 행사가 시작됐군.'

행사의 시작을 알리는 커다란 북소리가 마교 곳곳에 울리고 있다.

혹여나 아직 그곳에 오지 않은 이들은 서둘러 자리하라는 신호. 그리고 근처에 남아 있던 이들은 그 북소리를 듣자마자 소리가 난 방향을 향해 황급히 달려가고 있었다.

그렇게 모두가 춘절 행사가 열리는 마인전으로 향하는 지금 환야만큼은 반대 방향으로 향했다.

거처로 돌아가서 정리해야 할 일들이 남았다.

혹시 칠대천들이 가짜 혁리원을 자리에 앉히기 무섭게 자신들을 치려고 들지도 모른다.

물론 오늘 바로 움직일 확률은 그리 높지 않겠지만 안일한 생각으로 손 놓고 있다가 생각지도 못할 위기에 처할 수도 있는 노릇. 환야는 최악의 상황을 대비해야 한다 여겼다.

그랬기에 지금 그는 혹시 모를 상황에 대비하여 탈출로를 만들어 두려 하고 있었다.

최악의 경우, 그걸 대비하기 위해 환야는 그렇게 자신들의 거처로 돌아가고 있었다.

막 자신들이 머무르는 장원 안으로 들어서던 환야가 움찔했다.

환야의 소맷자락 속에서 한 자루의 단검이 스르륵 흘러내려 그의 손바닥에 감기듯이 쥐어졌다.

'피 냄새다.'

미약하긴 하지만 바람을 타고 은은하게 퍼져 나오는 이 냄새는 분명 혈향(血香)이다.

지금 같은 시기에 이곳 대공자의 장원에서 피 냄새라니…….

환야가 기척을 죽인 채로 그 피 냄새가 풍겨져 나오는 쪽으로 걸음을 옮겼다. 그런데 혈향이 느껴지는 그곳은 다름 아닌 혁련휘의 거처였다.

'대장님을 노리는 살수인가?'

허나 그렇게 보기엔 뭔가 이상하다.

분명 미약하긴 하지만 피 냄새가 풍기는 자를 이곳에 살수로 보낸다는 건 말이 되지 않았다. 혁련휘의 능력이 어느 정도인지 이미 어렴풋이 알고 있는 그들이 아니던가.

그런 그들이 이런 피 냄새를 풍기고 다니는 자에게 혁련휘가 당할 거라 여길 리가 없다. 하물며 지금 그가 춘절 행사를 위해 마인전에 있다는 걸 누구보다 잘 알고 있는 그들이다.

수많은 의구심을 가진 채 혁련휘가 머무르는 건물의 외벽에 조심스레 몸을 기댄 환야가 슬그머니 안을 확인하기 위해 고개를 들이밀었을 때였다.

안쪽으로 시선을 줬던 그가 놀란 듯이 입을 벌렸고, 손에 들고 있던 단검을 툭 하고 떨어트렸다.

환야의 놀란 듯 소리쳤다.

"비설!"

고함과 함께 환야는 방 안으로 다급히 뛰어 들어왔다. 그녀가 돌아왔다는 사실에 반가워서가 아니다.

믿을 수 없는 행색의 그녀.

비설은 거의 반죽음 상태로 널브러져 있었다. 그럼에도 불구하고 어떻게든 일어나기 위해 침상의 한편을 움켜쥔 채로 부들부들 떨고 있는 비설을 본 환야가 버럭 소리를 치며 방으로 들어섰다.

환야의 고함 소리를 들은 비설은 그제야 힘겹게 고개를 돌려 그를 바라보고는 힘없이 웃어 보였다.

"아저씨, 아무도 없어서 깜짝 놀랐잖아요."

"너 왜 이래? 대체 무슨 일이……."

"하하, 이야기하면 긴데 어쩌다 보니 이렇게 됐네요."

"넌 이런 상황에서도 웃음이 나와?"

말을 내뱉는 환야의 얼굴은 저절로 일그러졌다.

비설의 상태는 이루 말로 형용하기 힘들 정도로 엉망이었다.

미약하게 혈향이 풍겨 왔던 이유는 그녀가 제대로 몸도 치료하지 못하고 움직인 탓에 아직까지도 옷에 묻은 피 냄새가 남아 있던 탓이다.

한눈에 봐도 목숨을 건 사투를 벌였다는 걸 알 정도로 옷 곳곳에 베인 흔적들과 진득하게 묻어 있는 피의 잔흔들.

그리고 당장에 숨을 거둬도 이상할 것 없는 백지장처럼 하얀 얼굴까지도.

비설은 환야를 발견하자 억지로 몸을 뒤집어 침상에 기대듯이 앉았다. 그녀가 거친 숨을 내쉬며 옆에 놓여 있는 통을 열었다. 그리고 이내 통 안에 있는 뭔가를 꺼내어 들었다.

그건 다름 아닌 주먹 정도 되는 크기의 호리병이었다.

그리고 그 안에는 인피면구를 벗겨 낼 물건이 담겨져 있었다.

만보신면에게서 들은 인피면구를 벗기는 유일한 방법은 그가 전해 준 흑가잠이라는 커다란 검은 누에에게서 나오는 액체다.

흑가잠은 밤에만 인피면구를 녹일 수 있는 액체를 뿜어냈고, 그 양이 그리 많지 않았기에 비설은 이토록 부상을 입은 와중에도 밤마다 흑가잠이 토해 내는 그것들을 이 호리병에 담아서 모아 두었던 것이다.

비설이 건넨 호리병을 받아 든 환야가 되물었다.

"이건?"

묻는 환야를 향해 비설은 가슴을 움켜쥔 채로 목소리를 쥐어짜 냈다.

"가면을 벗길 수 있는 물건이에요."

"너…… 그 몸으로 해낸 거냐?"

"그럼요. 형님의 부탁이었으니까요."

상처가 가득한 몸을 힘겹게 침상에 버틴 채로 말하는 비설의 모습에 환야는 알고야 말았다. 혁련휘가 비설을 생각하는 것처럼, 그녀 또한 그를 위해 목숨을 걸 수 있는 사람이라는 것을.

환야가 비설을 가만히 바라봤다.

한 명의 여인일 뿐이다. 그것도 무척이나 가냘프고 너무 해맑은 탓에 종종 바보가 아닐까 의심이 들 정도로 착한 그런 여인.

허나 그건 외양에 불과하다.

그녀는 무인으로서, 그리고 한 명의 사람으로서 존경하지 않을 수 없는 사람이다.

굳이 비설에게 듣지 않아도 환야는 그녀의 부상을 보는

것만으로도 무슨 일이 벌어졌는지 얼추 알 수 있었다.

이 부상은 마교 근처에서 당한 게 아닐 것이고, 그렇다면 아마도 그 먼 곳에서 이토록 큰 부상을 입고 이곳 마교까지 달려왔다는 사실을.

죽어도 이상할 게 없는 부상을 안고 이토록 먼 거리를 달려오다니…… 실로 대단한 정신력이다. 그리고 그만큼 혁련휘를 위한다는 것이기도 했고.

비설이 자신을 바라보는 환야를 향해 억지로 웃음을 지어 보이며 입을 열었다.

"부탁해요, 아저씨. 이거 형님에게 좀 가져다주세요. 죄송한데…… 더는 못 움직일 것 같거든요."

말을 하는 비설을 바라보던 환야는 고개를 끄덕였다.

최대한 멀쩡한 척하고 있지만 어찌 모르겠는가.

주저앉아 있는데도 불구하고 경련이라도 일으킨 듯이 덜덜 떨리고 있는 팔과 다리.

사실 그 먼 곳에서 이곳까지 돌아온 것이 믿겨지지 않는 상태다.

"알겠다. 내가 알아서 할 테니 넌 아무 걱정 말고 쉬고 있어. 대장께 전해 드리는 그 즉시 의원을 모시고 오마. 절대 안정. 알았지?"

"……네."

힘겹게 대답을 하며 고개를 끄덕거리는 비설이 걱정됐는지 환야가 진담과 농담을 섞은 말을 툭 내던졌다.

“여기까지 힘들게 와 놓고 모든 힘을 다했다느니 하면서 죽기만 해 봐라. 네 녀석 무덤 앞에다가는 만두 없이 제사상 올릴 줄 알아. 알겠냐?”

환야의 말에 비설이 픽 하고 웃음을 흘렸다.

“만두 없는 제사상이라니 끔찍해서 절대 눈 못 감겠는데요.”

“그래, 그 정신으로 버티고 있어. 금방 올 테니까.”

말을 마친 환야가 막 몸을 돌리는 그 순간이었다.

떠나려는 환야의 옷소매를 비설이 주저앉은 채로 강하게 움켜쥐었다.

놀란 환야가 고개를 돌려 그녀를 내려다보고 있을 때였다.

웃고 있던 비설의 얼굴이 진지하게 변해 있었다.

그런 그녀의 표정에 환야가 걱정스레 물었다.

“왜 그래?”

“아저씨…… 제가 이렇게 됐다는 거 절대 형님에게 말하지 마세요.”

자신이 다친 사실을 혁련휘에게 말하지 말라는 비설의 말에 환야가 눈살을 찌푸리며 대답했다.

"대장이 널 얼마나 걱정했는데 이렇게 사경을 헤맬 정도로 다친 걸 말하지 않을 수가……."

"그래서예요."

"그래서라고?"

"제가 이렇게 다친 걸 알면 형님은 흔들리실지도 모릅니다."

비설은 고개를 저었다.

싫었다.

자신 때문에 혁련휘가 오늘 그 모두의 앞에서 흔들리는 모습을 보이는 것도, 또 냉정함을 잃어 평소와 다른 판단을 내리게 될지도 모르는 것도 싫었다.

혁련휘라는 사내가 가진 그 강렬한 모습을 마인전에 모인 이들의 뇌리에 강하게 남겨 주길 바랐다. 그의 숨길 수 없는 매력이 그들을 압도하는 모습을 보고 싶었고, 지켜 주고 싶은 것이다.

그게 자신이 아는 혁련휘라는 사내의 진짜 모습이니까.

비설이 계속해서 말을 이어 가는 게 힘들었는지 가쁜 숨을 몰아쉬며 자신의 생각을 밝혔다.

"하아, 하아. 형님은 오늘 그 자리에서 가장 빛나셔야 할 분이에요. 그분이…… 그 누구에게라도 얕보이는 건 제가 용납할 수 없습니다."

비설의 그 말에 환야는 충격을 받은 듯이 멍한 눈으로 잠시 그녀를 응시했다.

견디기 힘들 정도의 부상을 입은 이 상황에서도 설마 거기까지 생각할 줄은 상상도 하지 못했다.

비설의 절절한 마음에 환야는 저절로 고개를 끄덕거릴 수밖에 없었다.

뒤늦게 혁련휘가 이 사실을 안다면 자신에게 화를 낼지도 모른다는 건 알지만…… 이토록 커다란 부상을 안은 채로도 혁련휘를 지켜 내려 하는 비설을 보며 그런 걱정 따위 하고 있다는 것 자체가 부끄러운 일이다.

환야가 짧게 대꾸했다.

"그렇게 하마."

"그런데요, 아저씨."

"……왜 인마."

여전히 가슴을 움켜쥔 채로 힘겹게 고개를 든 비설이 물었다.

"저…… 늦지 않았죠?"

이런 와중에도 자신이 늦지 않았냐고 묻는 비설의 모습에 환야는 갑자기 눈시울이 붉어졌다.

'자기 몸이나 걱정할 것이지 멍청하긴.'

환야가 붉어진 눈을 들키고 싶지 않았는지 몸을 획 돌리며 괜스레 더 퉁명스레 소리쳤다.

"당연하지!"

환야의 대답에 비설이 웃으며 중얼거렸다.

"다행이다……."

그 말과 함께 쥐어짜고 있던 기력이 다했는지 툭 하고 고개를 떨어뜨린 비설이 그대로 축 늘어져 버리고야 말았다.

그대로 혼절해 버린 비설을 환야는 양손으로 번쩍 들어 올렸다.

비설을 침상 위에 조심스레 올려 둔 환야가 엉망이 된 그녀를 내려다보며 나지막이 말했다.

"쉬고 있어. 여기부터는…… 우리가 할 테니까."

비설이 건네준 호리병을 든 채로 환야가 마인전을 향해 몸을 돌렸다. 그녀가 목숨을 걸고 구해 온 이 물건이…… 마교의 모든 걸 바꿀 것이다.

4장. 기만

— 가면을 벗을 시간이다

두웅! 둥!

커다란 북소리가 천지를 뒤흔들었고, 그것에 맞추어 수많은 이들이 각적(角笛: 뿔피리)을 들어 그 웅장한 소리를 사방으로 뿜어 댔다.

마교 내부를 시끄럽게 울리는 그 소란스러운 악기들의 소리는 다름 아닌 춘절 행사의 시작을 알리는 신호이기도 했다.

모든 마교의 무인들이 모이는 마인전의 단상 뒤쪽에는 혁련휘가 자리하고 있었다.

그곳에서 혁련휘는 눈을 감은 채로 다리를 꼬고 준비되

어진 의자에 착석한 상태였다. 커다란 소리가 귓가에 울리자 그제야 감고 있던 그의 눈이 서서히 뜨이기 시작했다.

혁련휘의 주변으로 이미 많은 이들이 둘러싸듯 자리하고 있었다. 자신들의 주변에 있는 그들을 향해 힐끔 시선을 돌린 혁련휘의 눈에 들어온 것은 혈뢰주가의 인물들이었다.

혈뢰가주 주석인이 웃는 얼굴로 다가왔다.

"대공자님, 슬슬 단상으로 오르실 준비를 하시지요."

입과는 달리 그의 눈이 진실을 말하고 있었다.

자신들이 차려 놓은 사형장으로 올라가라고.

그리고 그곳이 바로 대공자 혁련휘라는 존재를 완전히 말살시킬 자리가 될 거라고 말이다.

그런 그들의 속내를 모를 혁련휘가 아니다.

그럼에도 불구하고 그는 여전히 무표정한 얼굴로 자리에서 일어났다.

너무나 무덤덤한 그 모습을 보고 있자니 오히려 이 모든 일의 원흉 중 하나인 주석인이 기가 찰 노릇이었다.

'하여튼 재수 없는 새끼.'

혁련휘 또한 오늘 있을 일을 어느 정도 알고 있을 터, 그런데도 전혀 아랑곳하지 않는 그 모습에 오히려 부아가 치민다.

허나 주석인은 애써 그런 감정을 추슬렀다.

'어차피 오늘까지야.'

저 자신만만한 모습은 오늘 이후로 찾기 어려울 테니까.

이미 오늘 이후의 일 또한 일사불란하게 준비되어 있다. 공식 석상에서 가짜 소교주를 확실한 후계자로 공고히 하고, 곧바로 세력을 모아 혁련휘를 쳐 낼 생각이다.

아직까지는 그래도 혁련휘를 따르는 숫자가 적잖이 있긴 하지만 보다 확실하게 후계자가 정해지는 순간 그들 중 대다수가 결국 등을 돌리게 될 것이다.

혁련휘의 지지 기반이 사라지는 그 순간이 바로 그의 목숨이 다하는 날이기도 했다.

주석인이 검은 속내를 품은 채로 혁련휘를 응시하고 있는 그때, 그는 주변을 훑어보고 있었다.

'보이지 않는군.'

혁련휘가 찾은 건 두 명이다.

교주인 혁무조, 그리고 가짜 소교주 행세를 하고 있는 그림자 무사 가후. 그런데 지금 이 뒤편에는 그 둘 모두 보이지 않았다.

혁무조가 오지 않을 수도 있다는 건 어느 정도 예상하고 있었지만 아직까지도 가후가 보이지 않는다는 건 다소 의외였다.

이들의 입장에서 오늘의 주인공은 바로 그일 테니까 말

이다.

허나 혁련휘에겐 고민을 하고 있을 시간이 없었다. 어느덧 옆으로 다가온 주석인과 함께 모두가 보고 있는 단상으로 올라갈 때가 되었기 때문이다.

주석인이 옆에서 예를 갖추며 말했다.

"모두가 기다리고 있습니다. 모시겠습니다."

거짓된 모습을 보며 혁련휘는 아무런 대꾸도 없이 단상으로 오르는 계단을 밟고 움직이기 시작했다. 그렇게 열 개가 조금 넘는 숫자의 계단을 밟고 걸어 나가자 이내 커다란 광장이 눈에 들어왔다.

그리고 동시에 그곳을 가득 채우고 있는 수만 명이 넘는 마교의 무인들도.

혁련휘의 등장에 조용했던 무인들 사이에서 커다란 환호성이 터져 나왔다.

"우와와와와!"

귀청이 떨어져 나갈 것 같은 우렁찬 소리가 주변을 쩌렁쩌렁 울렸다. 수만 명에 달하는 무인들이 터트리는 환호성은 보통 사람은 서서 견디기조차 힘들 정도로 커다랬다.

주변에 걸려 있는 깃발들이 펄럭이게 만들 정도의 함성.

이미 마교에 돌아온 지 어느 정도 시간이 흐르면서 혁련휘의 존재를 두 눈으로 확인한 이들이 많긴 했지만 그 또한 일부일 뿐이다.

오늘 이 춘절 행사를 기점으로 해서 그 소문만 무성했던 대공자를 처음 보는 이들의 숫자가 훨씬 더 많았다.

그렇게 자신을 향해 환호성을 토해 내는 그들을 내려다 보는 혁련휘의 모습에선 왠지 모를 여유가 풍겼다. 그런 모습을 옆에서 곁눈질하던 주석인은 자신도 모르게 쓴웃음을 삼켰다.

대공자라는 신분이긴 했으나 그가 이토록 마교의 모든 무인들 앞에 나선 경우는 이번이 처음이다.

어렸을 때에도 이토록 많은 이들 앞에 선 적은 단연코 없었으니 말이다.

이곳이 어디인가?

바로 천하를 제패한 마교이고, 또한 이곳에서 탄성을 질러 대는 저들이 그런 이곳을 이루는 자들이다. 그런 이들에게 저토록 심장이 터져 버릴 것만 같은 커다란 환호를 듣고 있다.

주눅이 들어도 몇 번은 들어야 할 법한 이런 상황에서도 마치 이곳이 원래 자신의 자리인 것처럼 여유를 잃지 않는 저 자신감 가득한 모습은 무엇이란 말인가.

그런 모습이 싫었지만 한편으로 인정하기도 했다.

저런 능력이 있는 사내였기에 자신들을 잠시나마 곤란한

상황에까지 몰아갈 수 있었던 게다.

많은 이들의 환호성 속에서 단상 앞으로 나아가는 혁련휘의 뒷모습을 보며 주석인이 작게 고개를 저었다.

'운이 없었다 생각하시오, 대공자.'

지금은 혁무조 같은 사내가 필요한 난세가 아니다. 평화로운 시대. 이런 시대에서 필요한 건 강렬한 힘으로 자신들을 이끌 우두머리가 아니었다.

자신들에게 보다 많은 것을 주느냐 마느냐.

그게 바로 칠대천들이 원하는 것이었다.

그리고 그런 자신들의 조건에 대공자라는 사내는 너무나 어울리지 않는 사내였다. 혁무조의 피를 이은 사내, 그런 그는 결코 자신들에게 굴복하지 않을 것이다.

단상 앞에 도달한 혁련휘가 천천히 입을 열었다.

"오늘 이 자리는 춘절을 맞이하여 그간의 노고를 치하하고 새로운 한 해를 위해 모인 자리요."

크지 않은 목소리.

그렇지만 혁련휘의 커다란 내공이 실리자 그 목소리는 수만 명이 모여 있는 이 장소의 끝자락에 있는 이의 귀에까지 똑똑히 틀어박혔다.

이곳에 모인 이들은 대부분이 무인이었고, 그런 그들이었기에 지금 혁련휘의 내공이 생각보다 훨씬 더 강대하다는 걸 가늠할 수 있었다.

모두가 쥐 죽은 듯이 혁련휘의 목소리에 귀를 기울였고, 그는 예정대로 춘절 행사를 이어 가기 시작했다. 그렇지만 혁련휘의 말이 이어지는 그 찰나 단상 뒤편에서 미묘한 움직임들이 느껴지기 시작했다.

말을 하던 혁련휘가 갑자기 천천히 입을 닫으며 뒤편을 노려봤고, 예상대로 그곳에서는 일련의 무리가 모습을 드러냈다.

단상 뒤쪽에서 뒤늦게 모습을 드러낸 건 다름 아닌 묵룡천가 가주 천위극을 필두로 한 가짜 혁리원, 즉 가후였다.

혁리원의 등장에 조용히 이야기를 듣고 있던 무인들의 목청에서 아까보다 더욱 커다란 환호성이 터져 나왔다.

혁련휘와 적대적인 세력에 속한 무인들은 마치 미리 준비하고 있었던 것처럼 목이 터져라 혁리원의 이름을 외치기 시작했다.

혁련휘는 왜 혁리원 행세를 하는 가후를 뒤늦게 등장시켰는지 알 수 있었다.

그를 돋보이게 하기 위함이다.

유치해 보일 수도 있는 행동, 그렇지만 적어도 그 계획은 성공적으로 보였다.

지금 울려 대는 이 함성만으로도 누가 더 지금 마교에서 막대한 지지를 받고 있는지를 말해 주고 있었으니까.

터져 나온 함성을 정면으로 받는 가후는 혁련휘와는 대조적으로 바짝 긴장한 모양새였다.

수만 명의 함성을 마주하니 심장이 쪼그라드는 느낌이었다.

그가 말라 가는 입술을 가볍게 혀로 훑었다.

'진정하자. 난 지금 그림자가 아니잖아. 마교의 소교주로 난 이곳에 있는 것이다. 정신 차려라, 가후.'

스스로에게 되뇌며 가후는 애써 침착하기 위해 눈을 부릅떴다.

그런 그를 탐탁지 않게 곁눈질하던 천위극이 이내 앞으로 나섰다.

천위극이 손을 들어 올리자 커다랬던 환호성이 거짓말처럼 잦아들었다. 그가 마인전에 모인 많은 무인들을 향해 말을 꺼내기 시작했다.

"다들 들으셨겠지만 오랜 시간 수행을 떠나셨던 소교주님께서 돌아오셨습니다. 한동안 연락이 안 되어 많은 분들을 걱정시키셨는데 이토록 건강하게 돌아오셔서 얼마나 다행인지 모르겠습니다. 소교주님께서는 이 자리를 빌려 그간 인사드리지 못했던 마교의 동도들께 인사를 드리고 싶다는 뜻을 전하셨습니다."

말을 마친 천위극이 뒤편으로 고개를 돌려 뻣뻣하게 굳어 있는 가후를 바라보며 친근하게 미소를 지어 보였다.

"자, 소교주님. 이리로 오시지요."

가후가 고개를 끄덕이고는 옆으로 가서 섰고, 그런 그와 이야기를 듣고 있는 좌중에게 번갈아 시선을 주던 천위극이 말을 이었다.

"오늘의 주인공이신 소교주님의 짧은 인사가……."

"내가 있거늘 어찌 이 자리의 주인공이 그 녀석이지?"

말을 자르고 들어오는 그 누군가.

그리고 동시에 마인전의 문을 통해 누군가가 걸어 들어오고 있었다.

단상의 뒤편이 아닌 마인전의 입구, 즉 수많은 무인들의 뒤편에서 모습을 드러낸 건 다름 아닌 교주 혁무조, 바로 그였다.

갑작스러운 교주의 등장에 마교의 수많은 무인들의 표정이 경악스럽게 변했다.

수년간 공식 석상에 제대로 모습을 드러내지 않던 교주다.

그런 교주가 바로 지금 이 순간 모두의 앞에 모습을 드러낸 것이다.

그것도 특유의 그 오만한 미소를 머금은 채로.

그가 단상을 향해 한 걸음, 한 걸음 발을 내디뎠다.

그리고 그런 혁무조의 발걸음에 따라 도열해 있던 수만의 무인들이 양쪽으로 갈라졌다. 그렇게 수만 명의 무인들을 가로지르며 혁무조는 다가오고 있었다.

새카만 옷자락을 펄럭이며 다가오는 혁무조의 전신에서는 이루 말로 형용하기 힘든 절대자의 기운이 뿜어져 나오고 있었다.

혁무조가 지나가는 그 길의 양쪽으로 갈라진 수많은 무인들.

그들은 자신도 모르는 사이에 앞을 지나쳐 가는 혁무조를 향해 한쪽 무릎을 꿇은 채로 고개를 숙이고 있었다.

쿵! 쿵쿵!

무릎을 꿇는 소리가 마인전을 가득 채운다.

그가 온 것이다.

진정한 마교의 주인이.

춘절 행사가 시작되고도 모습을 보이지 않아 자연스레 혁무조가 오지 않을 거라 생각했던 천위극과 주석인의 표정이 굳었다.

특히나 천위극은 다가오는 혁무조를 벌레라도 씹은 표정으로 응시했다.

'혁무조, 저자가 어찌 이 자리에…….'

혁리원을 주인공으로 만들려는 바로 그 찰나에 등장한 혁무조. 그리고 그의 등장과 함께 여태까지 폭발적이었던 혁리원에 대한 환호성은 이미 사라진 지 오래였다.

그저 걷는 것만으로 뿜어져 나오는 강렬한 기운.

수십 년간 마교를 지배했던 절대적인 한 사내가 다가오고 있었다.

그리고 마침내 단상에 도착한 그가 그 위로 훌쩍 날아올랐다. 혁무조가 지척까지 다가오고서야 황급히 정신을 차린 천위극이 예를 갖췄다.

"묵룡천가 가주 천위극이 교주님을 뵙……."

"비켜."

천위극을 향해 웃는 얼굴로 말을 내뱉는 혁무조였지만 마주하고 있는 그는 절로 오금이 저렸다.

이빨을 꽉 깨문 채로 천위극이 뒤로 몇 걸음 물러섰고, 그제야 단상의 가장 앞에 선 혁무조가 몸을 돌려 아래에 모여 있는 수만 명이 넘는 마교의 무인들을 내려다보며 신명이 난 목소리로 소리쳤다.

"다들 못 보는 사이에 폭삭 늙었군그래!"

농담 섞인 외침에 혁무조를 응시하던 이들이 자신도 모르는 사이에 웃음을 터트렸다.

절대자의 등장으로 인해 굳었던 분위기가 그의 말 한마

디에 일순 풀려 나갔고, 그런 그들의 앞에서 혁무조가 웃는 얼굴로 말을 이어 나갔다.

"이렇게 한자리에 모이는 게 쉬운 일이 아닌데 말이야. 다들 작년 한 해 고생들 했어. 그리고 이번 한 해도 고생들 해 줘. 자네들이 고생할수록 내가 편해지니까. 알지?"

혁무조의 말에 사람들이 재차 웃음을 흘렸다.

허나 그게 전부가 아니었다.

혁무조는 바로 준비해 온 기다란 서찰을 들어 올렸다.

"외부에서 고생하고 돌아온 녀석들의 명단이야. 잊지 않고 챙겨 줄 테니 너무 섭섭하게들 생각지 말고 조금만 더 부탁하지. 자네들이 있어서 이곳에 있는 이들이 맘 편히 발 뻗고 자는 거 아니겠는가. 자부심을 가지고 임무들 마무리하고 돌아와."

혁무조의 말에 좌중 곳곳에 섞여 있던 무인들이 고개를 끄덕였다.

그는 언제나 이런 식이었다.

상과 벌이 명확한 사람. 뭔가를 하면 그에 맞는 보상을 챙겨 주기 위해 언제나 노력했다. 그런 혁무조였기에 많은 이들이 따를 수밖에 없었다.

자신의 노력을 알아주는 상관을 어찌 싫어할 수 있겠는가.

순식간에 모두의 시선을 집중시킨 혁무조를 보며 뒤편에 선 천위극의 심기는 불편했다.

돌변한 분위기.

허나…….

'이미 주사위는 던져졌다.'

교주가 이곳에 나타나든 나타나지 않든 계획은 변하지 않았다. 가후를 후계자로 삼는 것, 그게 바로 오늘 이 자리에서 자신들이 어떻게든 이뤄 내야 할 목표다.

교주 혁무조의 등장에 다소 분위기가 휩쓸리긴 했지만 결국 오늘을 위해 밑 작업을 해 둔 수많은 마교의 고위층들이 자신을 도울 것이다.

절반을 훨씬 넘은 팔 할가량이 같은 편을 들 터인데 제아무리 교주라 할지라도 이런 자신들의 의견을 묵살하지는 못할 터.

그때 이야기를 끝낸 혁무조가 막 몸을 돌려 천위극에게 말을 걸었다.

"천 가주."

"하명하시지요."

"내 자리는 저긴가?"

단상에 위치한 상석을 가리키며 묻는 혁무조의 질문에 그가 고개를 끄덕이며 답했다.

"물론이지요."

원래는 가짜 혁리원을 위해 만들어 둔 것이었지만 교주가 나타난 이상 제아무리 천위극이라 해도 상석에 다른 주인을 자리하게 할 순 없었다.

대답을 들은 혁무조가 가볍게 걸음을 옮기며 상석을 향해 걸어가기 시작했다.

그는 가짜 혁리원인 가후에게는 곁눈질조차 하지 않고 스쳐 지나가더니 이내 혁련휘의 옆에 이르러서 잠시 발을 멈췄다.

혁무조가 혁련휘의 어깨를 가볍게 두드리고는 입가에 미소를 머금은 채 중얼거렸다.

"아들, 이대로 당할 생각인가?"

"……."

혁련휘는 아무런 대답도 하지 않았다.

그렇지만 흔들림 없는 그 표정과 눈빛이 이미 혁무조에게 무언의 대답을 하고 있었다.

혁무조는 알 수 있었다.

'포기하지 않았군.'

상황이 이런데도 불구하고 전혀 흔들림 없는 모습에 혁무조는 절레절레 고개를 저으며 걸음을 옮겼다.

'그저 자신감이냐. 아니면…… 뭔가 믿는 구석이 있는

것이냐.'

혁련휘가 소교주의 정체가 가후라는 걸 알아차렸다는 사실을 알고 있는 혁무조다. 그렇기에 뭔가 혁련휘가 비책을 준비했을 거라 여기고 있었지만 아직까진 전혀 뭔가를 보여 주지 않고 있다.

상석에 도달한 혁무조가 몸을 돌려 의자에 걸터앉았다.

그의 시선이 혁련휘에게 향해 있었다.

'뭐든 좋다. 그게 자신감이든 아니면 준비한 뭔가가 있든. 허나 이토록 많은 이들이 모인 자리, 그냥 당하기만 해서는 아니 될 게야.'

마교의 무인들은 자존심으로 똘똘 뭉친 이들이다.

그런 이들이 한심하게 보이는 자를 따를 이유가 없지 않겠는가.

그들을 진정으로 따르게 하기 위해서는 그 누구에게도 밀리지 않는 강렬한 모습을 언제나 뇌리에 박아 주어야 한다.

그때 천위극이 정중하게 예를 갖추며 혁무조에게 말을 걸어왔다.

"교주님께서 마침 자리하셨으니, 저희들끼리 논의하던 내용을 공식화하고 싶습니다."

"뭘 말하는 겐가?"

"지금 바로 이 자리에서 확실한…… 교주님의 후계자를 정하고자 함입니다."

천위극이 자신의 속내를 감추지 않고 드러냈다.

말을 내뱉은 천위극이 상석에 위치한 혁무조를 올려다봤다.

시간을 끌지 않고 곧바로 자신들의 목적을 관철시키려 하는 것이다.

그리고 그런 그를 내려다보던 혁무조가 되물었다.

"후계자라…… 어째서?"

예상했던 말이었기에 천위극은 준비해 왔던 말을 청산유수처럼 이어 나갔다.

"최근 마교가 시끄러운 사실을 잘 아시지 않습니까. 사실 이런 문제가 벌어지는 것 자체가 확실한 후계자가 정해지지 않아서가 아니겠습니까. 예전이야 대공자님의 생사가 불분명했기에 정식으로 임명하신 건 아니라고 해도 막연하게 소교주님을 정식 후계자로 여겨 왔습니다. 그런데 하늘의 도움으로 대공자님이 돌아오셨고, 결국 이렇게 한자리에 있게 되는 축복을 주시긴 했으나…… 그 탓에 내부의 세력들 또한 두 파로 나뉘어 쓸데없는 싸움을 벌이고 있다 여겨집니다. 이런 싸움을 이제 끝내고 마교를 다시금 하나로 규합해야 하지 않을는지요."

긴말이었지만 천위극이 하고자 하는 말은 간단했다.

지금 이 자리에서 후계자를 정하자는 것.

바로 그뿐이다.

천위극이 무엇을 노리는지 너무나 잘 알지만 혁무조는 아무것도 모르는 척 물었다.

"그래서 그대들의 의견은?"

"칠대천을 비롯해 많은 수뇌부들의 의견을 종합해 본바, 저희가 후계자로 더 적합하다 여기는 분은 바로…… 소교주님이십니다."

천위극의 말에 조용히 둘의 대화를 듣고만 있던 수만 명의 좌중이 웅성거리기 시작했다.

그런 그들을 향해 천위극이 손을 뻗어 조용하라는 신호를 보내고는 이내 그런 결정을 내린 이유를 모두에게 들으라는 듯이 또박또박 이어 나갔다.

"소교주님은 교주님이 칩거에 들으셨을 때 이미 마교의 대소사를 주관하셨던 경험도 있으시고, 오랜 시간 자리를 비우셨던 대공자님에 비해 마교에 대해 더 많은 걸 아시고 또 애정이 있다 사료되옵니다. 그리고 이미 많은 분들이 예전부터 소교주님을 후계자로 여기며 따랐던 것도 큰 이유입니다. 그 증거로 팔 할가량이 소교주님을 지지하겠다는 의사를 표명해 왔습니다."

천위극은 말하고 있었다.

이건 비단 자신의 의견이 아니라고. 마교의 수많은 무인들의 의견을 수렴한 것이고, 그러니 제아무리 교주라 할지라도 이런 자신들의 의견을 그냥 묵과할 수는 없다는 걸.

혁무조는 목소리에 힘을 주어 말하는 천위극을 바라보다 가만히 의자에 몸을 기댔다.

"흐음."

침음과 함께 혁무조의 시선이 잠시 혁련휘에게 향했다.

이쯤에서 준비한 게 있으면 꺼내 놔야 할 때, 그런데 혁련휘는 아무런 반응도 보이지 않았다.

잠시 어떻게 해야 하나 혁무조가 고민하고 있는 그 순간 단상 쪽을 향해 누군가가 빠르게 달려오고 있었다. 그리고 그 누군가의 정체는 다름 아닌 환야였다.

그는 둘둘 말린 종이를 꽉 움켜쥔 채로 단상으로 다가오고 있었다.

갑작스러운 환야의 등장, 그리고 그쪽으로 혁련휘와 혁무조의 시선이 향하는 그때였다.

환야의 전음이 침묵하고 있던 혁련휘에게로 날아들었다.

『대장! 비설이 돌아왔습니다.』

그 한마디에 무표정으로 일관하고 있던 혁련휘의 표정이 처음으로 돌변했다.

그러고는 누가 뭐라고 할 틈도 없이 단상 아래로 뛰어내린 혁련휘는 곧바로 달려오는 환야에게로 향했다.

중요한 자리이니만큼 단상 근처를 지키고 있던 무인들이 달려오는 환야를 막아서려 했다. 그렇지만 그보다 빠르게 혁련휘가 소리쳤다.

"내 사람이다!"

외침과 함께 무인들을 지나쳐 간 혁련휘가 환야와 마주했다. 마주하는 순간 환야가 손에 들린 둘둘 말린 종이 뭉치를 빠르게 건넸다.

갑작스럽게 건네는 그 종이를 건네받은 혁련휘가 순간 움찔했다.

'무게가…… 이상하다.'

그리고 동시에 느껴지는 종이 안쪽에서 느껴지는 딱딱한 감촉까지.

혁련휘가 환야에게 시선을 주는 그때 그의 전음이 이어졌다.

『안쪽에 호리병이 하나 있습니다. 그리고 그 호리병 안에 인피면구를 벗겨 낼 수 있는 액체가 담겨 있답니다.』

『그 녀석이…… 결국 해냈구나.』

『네, 해냈습니다. 대단한 녀석입니다.』

『그런데 비설은 어디에 있지?』

혁련휘의 물음에 환야는 움찔했다.

움직일 힘이 없고 사경을 헤맬 정도로 상태가 좋지 못해 이곳에 오지 못했다는 말을 차마 할 수 없었다. 비설이 그토록 간곡히 부탁한 일이었으니까.

혁련휘에게 거짓말을 하는 게 쉽지 않았지만…….

결국 환야는 비설이 부탁한 대로 말을 할 수밖에 없었다.

『급하게 오느라 많이 피곤하다면서 잠시 쉬겠답니다.』

『……그래?』

혁련휘가 이상하다는 표정을 지어 보였다.

자신이 아는 비설이라면 아무리 피곤하다고 해도 그냥 있을 여인이 아니었으니까. 그런 혁련휘의 표정 변화를 느낀 환야가 서둘러 변명을 둘러댔다.

『많이 피곤해 보여서 제가 쉬라고 했습니다. 이후의 일에 그녀의 도움이 필요치는 않을 테니까요.』

환야의 말에 혁련휘가 그제야 이해가 간다는 듯 슬며시 고개를 끄덕거렸다.

동시에 그의 딱딱했던 표정 또한 한결 풀어졌다.

비설이 돌아오지 않아 얼마나 걱정했던가.

너무나 신경이 쓰여 아무런 것도 손에 잡히지 않을 정도로 노심초사했던 그였다.

그러던 차에 비설이 돌아왔다는 말을 들으니 이제야 마

음이 놓였다.

풀어지는 혁련휘의 표정을 보면서 환야는 애써 일그러지는 표정을 감췄다.

'……죄송합니다, 대장.'

허나 지금은 진실을 얘기할 수 없다.

호리병을 건넨 환야는 곧바로 혁련휘에게 전음을 날렸다.

『그 녀석이 만두 좀 사다 달라고 해서 곧바로 가야 하는데 제가 없어도 되시겠지요?』

거짓말이다.

지금 환야는 비설에게 의원을 데리고 가기 위해 움직이려 하는 것이다. 그런 환야의 말에 혁련휘가 고개를 끄덕였다.

대답을 듣기 무섭게 환야는 뒤로 돌아 달려 나갔고, 혁련휘는 몸을 돌려 다시금 단상 쪽으로 걸음을 옮기기 시작했다.

갑작스럽게 벌어진 일련의 상황.

모두의 시선은 이미 혁련휘에게 향해 있었다.

그리고 그가 건네받은 그 종이가 뭔지 모두가 궁금해하는 눈치였다.

돌돌 말린 커다란 종이.

그렇지만 그 종이에는 아무런 것도 적혀 있지 않았다. 그저 그 종이는 혁련휘에게 건넬 호리병을 감추기 위한 도구일 뿐이었다.

갑작스럽게 혁련휘의 수하인 환야가 달려와 건네는 종이를 본 천위극은 괜스레 찜찜해졌다.

'저 서찰은…….'

뭐가 적혀 있을지 모르는 종이의 등장에 신경이 쓰인다.

물론 지금 혁련휘가 무슨 짓을 한다 한들 상황이 변할 거라 여기진 않았지만, 그래도 귀찮은 일은 최대한 피해야 옳다.

혹시 모를 상황을 막기 위해서 천위극이 단상으로 올라서려는 혁련휘를 향해 다급히 말했다.

"대공자님, 그건 무엇인지요?"

"춘절을 축하하는 글."

혁련휘의 대답, 그렇지만 천위극은 그럴 리가 없다 여겼다. 고작 그런 것 때문에 혁련휘의 최측근인 환야가 이토록 달려와 저 종이 뭉치를 전할 리가 없지 않은가.

천위극이 곧바로 말했다.

"그런 계획은 없지 않으셨습니까. 그 종이를 가지고 올라오시는 걸 불허합니다. 그리고 지금 교주님께 공식적인 후계자에 대해 말씀을 드리는 차에 이 무슨 무례한……."

그 순간 혁련휘가 천위극의 말을 자르고 들어왔다.

"내가…… 네 허락을 받아야 뭔가를 할 수 있는 존재인가, 천위극?"

돌변한 혁련휘의 기세에 천위극은 움찔했다.

춘절 행사의 책임자를 맡긴 이후 혁련휘는 그전까지와는 다르게 잠잠했다.

그랬기에 잠시 방심하고 있었다.

이 사내가 어떤 존재인지를.

사실 그간 혁련휘는 참아 왔다.

그들이 무서워서?

아니, 그들이 무슨 계획을 세웠든 무슨 짓을 하든 전혀 상관없었다. 시간이 더 걸리더라도 박살을 내 버리겠다는 생각은 흔들리지 않았으니까.

그런 혁련휘가 춘절 행사가 준비되는 동안 최대한 그들과 마찰을 일으키지 않은 건 모두 비설을 위해서였다.

자신이 뭔가를 준비하지 않는 듯이 보여야 그녀가 향하고 있는 만보신면이 갇혀 있을 걸로 예상되는 그 장원에서의 임무가 보다 쉬워질 거라 여겼으니까.

그랬기에 참아 왔지만…… 이제는 더는 그럴 이유가 없어졌다.

비설이 돌아왔으니까.

혁련휘의 시선이 천위극을 떠나 혁무조에게로 향했다. 그러고는 혁무조를 향해 혁련휘가 물었다.

"이 서찰 가지고 올라가도…… 되겠습니까?"

혁련휘의 시선이 혁무조에게 박혀 있었다. 그리고 그의 눈동자를 마주하고 있던 혁무조가 이내 웃으며 고개를 끄덕였다.

"허락하지."

혁무조의 승낙이 떨어지자 혁련휘는 거칠 것 없이 단상으로 걸어 올라갔다.

그러고는 채 뭔가를 하기도 전에 혁련휘는 혁리원 행세를 하고 있는 가후에게 다가가며 그 종이 뭉치를 내밀었다.

갑작스러운 혁련휘의 행동에 가후도, 그 옆에 있던 천위극도 눈을 크게 뜬 채로 무슨 의미냐는 표정을 짓고 있을 때였다.

혁련휘가 말했다.

"이 서찰 낭독은 네가 해야지."

"아, 형님께서 그리 말씀하신다면 제가……."

막 가후가 손을 뻗어 종이 뭉치를 잡는 그 순간이었다. 기다렸다는 듯 혁련휘의 손이 종이뭉치 안에 들어 있는 호리병을 잡아챘다.

종이를 움켜쥐고 있는 탓에 두 손이 자유롭지 못한 그 찰나.

혁련휘의 손에 들려 있던 호리병의 입구가 열리며 이내 그 안에 담긴 흑가잠이 토해 내는 액체가 종이를 들고 있는 가후의 얼굴을 뒤덮었다.

그 순간 가후가 자신의 얼굴을 감싸 쥔 채로 비명을 지르기 시작했다.

얼굴을 감싼 그의 손가락 사이로 뭔가가 흘러내리고 있었다.

"으아아악!"

비명 소리에 정신을 차린 천위극이 허리에 찬 검에 손을 가져다 대며 소리쳤다.

"대공자! 미쳐도 단단히 미쳤군! 이 많은 사람들 앞에서 소교주님에게 무슨 짓이냐!"

놀란 건 천위극만이 아니었다.

마찬가지로 단상 위에 있던 주석인도, 그리고 단상 아래에 모여 있는 수만 명의 무인들 모두가 놀랐고, 동시에 분노했다.

지금 이건 빼도 박도 못할 상황이었다.

대공자가 소교주의 얼굴에 뭔가를 뿌렸고, 이내 무슨 일인가가 벌어지고 있었다.

살점이 녹아내리는 걸 본 무인들이 생각할 수 있는 건 하나였다.

살점을 녹이는 독을 소교주의 얼굴에 뿌렸다고.

모두가 보는 앞에서 동생의 얼굴에 독을 뿌려 대는 대공자라니…… 웅성거림이 거친 욕설로 바뀌는 바로 그때였다.

"무슨 짓이긴."

말을 마친 혁련휘는 호리병에 담긴 나머지 액체를 자신의 얼굴에 툭툭 뿌렸다.

그런 혁련휘의 갑작스러운 행동에 모두가 당황했다.

소교주의 얼굴을 녹인 독을 자신의 얼굴에 뿌리다니…… 미쳐도 단단히 미쳤다 여긴 것이다.

그런데…….

"왜…… 대공자는 멀쩡하지?"

무리에 섞인 무인 중 누군가의 중얼거림.

그리고 그런 그의 말은 다른 이들 모두가 하고 있는 공통적인 생각이었다.

그 순간 천위극의 얼굴이 딱딱하게 굳었다.

천위극 또한 지금 혁련휘가 화골산 같은 독으로 가후의 얼굴을 노린 것이라 여겼다.

인피면구를 벗길 방도가 없으니 최후의 비책으로 그 껍데기를 녹여 버리는 멍청한 방법을 택한 것이라 순간 착각했다.

사실 겉으론 노한 척 소리쳤지만 속으론 쾌재를 불렀던 천위극이다.

모두가 보는 앞에서 동생의 얼굴에 화골산을 부어 대는 후계자를 원할 사람이 누가 있겠는가.

그런데 똑같은 액체를 뒤집어썼음에도 불구하고 멀쩡한 혁련휘를 보는 순간 천위극은 알 수 있었다.

'인피면구를 벗겨 낼 방법을 어찌 찾아낼 수가…….'

놀람과 동시에 천위극의 시선이 옆에 있는 가후에게로 향했다.

녹아내린 것, 그건 살점이 아니었다.

그의 진짜 얼굴을 가리고 있던 인피면구. 그것들만이 녹아내리고 있었던 것이다.

그걸 확인하는 순간 천위극의 눈에선 불똥이 튀었다.

'안 돼! 이 사실이 드러났다가는…….'

차라리 얼굴이 망가져야 한다. 그렇지 않으면 모든 게 끝났다.

그 사실을 알기에 천위극이 황급히 가후에게 전음을 날렸다.

『손가락으로 얼굴 가죽을 찢어!』

얼굴을 감싸고 있는 지금이 마지막 기회다.

스스로 찢어내고 저 액체에 의해 이렇게 됐다는 식으로 몰아간다면 그래도 아직까진 가능성이 있다.

대공자가 멀쩡한 거야 뭔가 미리 약을 먹었거나 한 게 아니냐는 식으로 몰아가면 그만. 중요한 건 지금 가후의 진짜 얼굴이 드러나느냐, 그렇지 않으냐였으니까.

허나 그런 천위극의 계획은 수포로 돌아갔다.

천위극의 전음을 받자마자 상황을 파악한 가후는 재빠르게 자신의 얼굴 가죽을 뜯어내려 했다.

그렇지만…….

파악!

혁련휘의 손이 그의 양팔을 잡아챘다.

그리고 이내 인피면구가 녹아 흘러내리며 드러난 가짜 혁리원의 진짜 얼굴.

만천하에 그의 진짜 얼굴이 드러나자 좌중은 충격에 휩싸였다.

혁련휘가 가후를 바라보며 말했다.

"이상하군. 내 동생은…… 이렇게 안 생겼는데 말이야."

혁련휘가 천천히 고개를 돌려 옆에 서 있는 천위극을 응시하며 말을 이었다.

"안 그런가? 천위극."

5장. 권한

— 괜찮습니다

자신의 이름을 힘주어 부르는 혁련휘의 목소리에 천위극은 등 뒤로 식은땀이 흘러내리는 걸 느꼈다.

'……최악이다.'

비장의 한 수, 그런데 오히려 그 한 수가 자신의 심장을 노리는 칼이 되어 돌아왔다. 애초부터 이 계획이 드러나는 순간 모든 계획이 물거품이 되는 건 물론이거니와 가문 자체가 뒤흔들릴 정도의 커다란 위험성을 가진 계획이었다.

그럼에도 불구하고 이 일을 망설임 없이 진행한 건…… 들키지 않을 자신이 있었으니까.

이 계획을 위해 얼마나 오랜 시간을 투자했던가.

천하에 그 누구도 알아내지 못할 만보신면의 인피면구까지 구해 냈다. 설령 교주라 해도 그 인피면구를 벗겨 내지 못한다 자부하는 물건이 있었기에 이 같은 계획을 벌인 것이다.

그런데 그 인피면구가 지금 녹아내리고 있다.

혁련휘가 뿌린 저 정체불명의 액체로 인해서.

믿을 수가 없는 일이다.

천하에 만보신면의 인피면구를 벗겨 낼 수 있는 자라면…… 오로지 그걸 만든 만보신면 본인밖에 없을 터. 그렇지만 만보신면은 이미 천위극의 손아귀에 있었고, 심지어 죽이라는 명령까지 내린 상황이다.

그런 와중에 대체 이게 어떻게 된 일일까?

천위극은 도대체 지금 이 상황이 어떻게 된 건지 정확한 판단조차 내릴 수 없었다.

허나 지금은 그런 고민을 하고 있을 때가 아니었다.

벗어나야 한다.

이번 사건에 자신이 개입된 사실이 들통 난다면 그 이후에 무슨 일이 벌어질지는 상상조차 할 수 없다.

모두의 앞에서 가짜 소교주를 확실하게 후계자로 내세우기 위해 준비되어진 이번 춘절 행사가, 도리어 마교의 모든 무인들에게 그의 가짜 모습을 드러내게 하는 자리가 되어 버린 것이다.

천위극이 당황하고 있는 사이 혁련휘는 자신이 팔목을 움켜잡고 있던 가후의 혈도를 점해 그를 기절시켰다.

혹여나 자살이라도 하려 드는 걸 사전에 방지하기 위함이다.

혈도를 점혈당하고 바닥으로 쓰러지는 가후를 본 천위극이 황급히 말했다.

"대체 이게 무슨 일입니까? 설마 여태까지 제가 소교주님인 줄 알았던 이분이 가짜였다는 겁니까? 어찌 이런 일이!"

지금 할 수 있는 최선의 선택.

발뺌뿐이다. 모르는 척 계속 잡아떼야 했고, 자신 또한 아무것도 몰랐던 피해자인 것 같은 행세를 해야만 한다.

아무도 믿지 않을 거라는 걸 알면서도 천위극은 이런 말도 안 되는 연기를 해야만 했다.

그만큼 지금 상황에서 그가 할 수 있는 건 아무것도 없다는 걸 의미했다.

앗 하는 사이에 벌어진 이 일련의 상황을 한쪽에 선 채로 보고만 있던 혈뢰주가의 주석인이 슬며시 손으로 이마를 감싸 안았다.

'이걸 어찌해야 할꼬.'

다른 이들과는 달리 주석인은 유일하게 천위극의 이번 계획에 대해 정확하게 알고 있었다. 옆에서 그를 도우며 이번 계획이 성공하도록 만들기 위해 힘을 보태기까지 했다.

그런데…… 들통이 나 버렸다.

녹아내린 인피면구 너머에 있던 가후의 진짜 얼굴이 마교의 수많은 무인들 앞에서 명명백백 모습을 드러내고야 만 것이다.

소교주를 이용해 대공자를 밀어내려는 천위극의 행동은 어느 정도 위치에 있는 자들이라면 모두가 아는 공공연한 비밀이다.

그래 놓고 인제 와서 자기는 모르는 일이다 하며 발뺌을 한다 해서 그것이 얼마나 먹히겠는가.

더군다나 그 방법 또한 마교인들의 공분을 사기 충분했다.

가짜 소교주?

그런 가짜로 자신들을 속이고 뭔가를 꾸미려 했다는 건 결코 용납받을 수 없는 일이었다.

그 증거로 거센 반발이 밀려오기 시작했다.

"천위극! 그걸 지금 말이라고 지껄이는 게냐!"

단상 아래에 위치해 있던 노고수 한 명이 버럭 소리를 내질렀다.

마교 십장로 중 한 명인 서궁무라는 자다.

중도적인 입장을 취해 왔지만 최근 마교가 시끄러워진 상황을 정리하기 위해서는 정식 후계자가 필요하다는 천위극의 말에 결국 그의 편에 섰던 인물.

그랬던 그의 얼굴엔 노기가 가득했다.

그런 서궁무의 외침에 동조하듯 몇몇 무인들이 소리를 지르며 천위극을 향해 거친 말들을 쏟아 냈다.

천위극이 황급히 그들을 향해 소리쳤다.

"다들 오해시오! 내가 누구요? 난 묵룡천가의 가주 천위극이외다! 그런 나를 믿지 못하신다는……."

"혈영검 가후."

혁련휘가 가짜 혁리원 행세를 하던 그의 진짜 정체를 밝히는 순간 말을 이어 나가던 천위극은 움찔하고야 말았다.

그가 놀란 눈으로 혁련휘를 바라봤다.

'이미…… 정체까지 알고 있었단 말인가?'

놀란 천위극을 바라보며 혁련휘가 모두가 들으라는 듯이 소리쳤다.

"가짜 소교주 행세를 한 이자의 이름이지. 이자의 진짜 정체는 원이의 그림자 무사. 그리고 그가 오래전에 구입해 둔 장원을 지키고 있던 건 다름 아닌 묵룡천가의 무인들이더군. 관련이 없다면 그건 어떠한 이유에서지?"

만보신면을 가둬 둔 그곳에 묵룡천가의 무인들이 자리하고 있었던 사실을 언급하자 천위극은 일순 무슨 말을 해야 할지 갈피를 잡지 못했다.

그런 그를 혁련휘가 거세게 몰아붙였다.

“물었다, 천위극! 어째서 그 장원을 네놈의 수하들이 지키고 있었던 것이냐. 왜? 그것도 모르는 일이던가.”

비꼬듯 말하는 혁련휘의 말에 단상 위에서 벌어지는 이 일련의 상황들을 보고 있던 마교의 무인들은 점점 더 거세게 들끓기 시작했다.

그 어떠한 핑계를 대도 빠져나가기 힘들 것 같은 상황.

그런 상황에 이르렀지만 혁련휘는 여기서 그칠 생각이 없었다. 이미 모든 걸 준비해 뒀던 혁련휘가 말을 이어 나갔다.

“그리고 문득 든 생각인데 말이야. 이거 참 이상하지 않아?”

혁련휘가 자신을 바라보는 마교의 수만이 넘는 무인들을 가볍게 훑어보며 똑똑히 들으라는 듯이 말했다.

“가짜 소교주를 내세운다라……. 정말 어리석기 그지없는 방법이지. 진짜 소교주인 원이가 돌아온다면 이 계획은 물거품이 될 테니까. 그런데도 불구하고 이 같은 일을 벌였다라. 그게 과연 뭘 의미하는 걸까?”

혁련휘는 일부러 모든 이들에게 잠시나마 생각해 보라는 듯이 되묻는 행동을 취해 보였다.

그리고 혁련휘가 원했던 대로 그의 말을 들은 마교의 많은 이들이 설마 하는 표정으로 서로의 얼굴을 바라봤다.

"답은 하나지. 천위극 바로 넌 원이가 돌아오지 못할 걸 알았던 거야. 그렇지 않고서야 가짜 소교주를 만들어 내는 계책을 펼칠 수 없었을 테니까. 그런데 왜? 원이가 왜 돌아오지 못할까?"

이미 이야기가 이쯤 되면 그 누구라도 알 수 있었다. 지금 혁련휘가 하고자 하는 말이 무엇인지를.

혁련휘가 깊게 숨을 내쉬고는 잠시 눈을 감았다.

감은 눈 너머에서 흐릿하게나마 웃고 있는 혁리원의 모습이 거짓말처럼 밀려들었다.

'……오래 기다리게 해서 미안하다.'

혁련휘의 사과에 혁리원이 웃으며 고개를 저었다.

그가 말하고 있었다.

괜찮다고. 이렇게까지 해 줘서 너무나 고맙다고.

초라한 죽음, 그랬기에 제대로 된 무덤조차 가지지 못한 마교의 소교주 혁리원. 그의 죽음을 기정사실화 시키고, 그의 시신을 제대로 된 장례와 함께 이곳 마교로 데리고 올 것이다.

바로 지금 이 순간 그 주모자들을 모두 옭아낸 직후에!

혁련휘가 눈을 치켜떴다.

분노로 이글거리는 눈동자로 천위극을 노려보던 혁련휘가 이 순간을 위해 그간 마음 한편에 꾹꾹 눌러 담으며 참아 왔던 그 한마디를 끄집어냈다.

"천위극, 내 동생을 네놈이…… 죽였구나."

술렁술렁.

혁련휘가 내던진 그 한마디의 여파는 파도처럼 군중들 사이로 밀려 나갔다.

그들의 웅성거림이, 경악에 가까운 비명이 마인전을 뒤덮었다.

천위극이 황급히 소리쳤다.

"대공자! 오해입니다! 소교주님을 제가 죽이다니요. 정말 큰 오해십니다."

가짜 소교주 건만으로도 이미 충분히 궁지에 몰린 천위극이다. 그런 지금 이 일이 죽어 버린 소교주의 사건과 연결되자 상황은 더욱 난처하게 돌아갔다.

천위극의 편에 서 있던 많은 이들이 모두 고개를 돌릴 수밖에 없게 만드는 일련의 사건들.

그토록 오랜 시간 쌓아 온 천위극의 세상이 지금 눈앞에 있는 혁련휘라는 사내로 인해 무너져 내리고 있었다.

허나 천위극의 말을 듣는 이가 있을 리가 없었다.

흥분한 무인들이 더욱 거세게 소리를 질러 대기 시작한 것이다.

커다란 혼란이 밀어닥치는 그 순간.

자리에 앉아 있던 혁무조가 마침내 움직이기 시작했다.

"주목."

그의 나지막한 한마디에 거친 욕설과 함께 당장이라도 단상 위로 뛰어오르려는 듯이 흥분해 있던 그 많은 무인들 모두의 움직임이 잠잠해졌다.

혁무조의 몸 주변으로 감출 수 없는 살기가 풍겨져 나가고 있었다.

한동안 평온하게 살아왔기에 잠시나마 기억에서 가물가물하던 혁무조라는 사내의 무인으로서의 모습이 다시금 세상에 드러나고 있었다.

오래전 정사대전의 선두에 섰을 때 뿜어내던 그 믿을 수 없는 투기가 마인전을 뒤덮었다.

그저 걸음을 옮기는 것뿐이거늘 단상을 이루고 있던 돌로 된 장식물들이 가루가 되어 사라져 나갔다.

치켜뜬 두 눈동자가 터질 듯이 이글거렸다.

섬뜩한 모습을 한 채로 혁무조가 이를 갈았다.

뿌드득.

모두 이미 알고 있었던 사실들이다.

그렇지만 그 또한 혁련휘와 마찬가지였다. 모든 걸 알지만 참아야만 했던 것들. 그렇지만 이제 그것들을 혁련휘가 음지에서 끄집어내서 세상에 보이게끔 만들었다.

얼마나 이 날을 기다렸던가.

죽어 버린 그 아이에 대한 복수. 그걸 할 수 있는 오늘을 손꼽아 기다렸다.

그리고 믿었다.

혁련휘가 반드시 그렇게 해낼 것이라고.

혁무조가 살기 어린 목소리로 말했다.

"아주 개판이군. 감히 내 아들 얼굴을 한 가짜 놈을 들이미는 걸로 모자라, 그런 놈에게 다른 것도 아닌 이 천하의 주인인 교주의 자리를 주려고 해? 이 내가…… 뒷방 늙은이로 보이더냐!"

콰앙!

일갈과 함께 휘두른 혁무조의 손바닥을 타고 뿜어져 나간 기운이 마인전 외곽을 이루고 있는 높디높은 담장을 순식간에 반으로 갈라 버렸다.

뿜어져 나오는 강렬한 기세, 그리고 천하의 주인이 내뿜는 분노는 상상 이상으로 모두를 짓눌렀다.

모두가 아무런 말도 하지 못하고 고개를 조아리고 있는

그때 혁무조의 서릿발 같은 명이 떨어졌다.

"묵룡천가가 내 아들의 죽음과 관련이 있을지도 모른다는 사실이 밝혀진바. 지금 이 순간부로 묵룡천가를 비롯한 칠대천의 모든 권한을 회수한다. 가지고 있던 무력 단체들도 전부 본 교로 귀속될 것이고 개인 사병들 모두 해산이다. 모든 조사가 끝나 죄의 유무가 판결이 날 때까지 이 명령은 유지된다."

청천벽력과도 같은 그 명에 칠대천들, 특히 혁련휘의 반대편에 있던 자들의 얼굴이 딱딱하게 굳었다. 그렇지만 그것이 전부가 아니었다.

혁무조의 노기 어린 목소리가 이어졌다.

"그리고 이번 일에 대한 조사와 처벌은 대공자 혁련휘. 그에게 모두 일임한다. 이견이 있는 자 있는가."

이견이 있다면 말하라고 하는 혁무조의 말투.

칠대천들로서는 지금 혁무조의 명령은 너무나 커다란 타격이었다. 모든 권한을 빼앗기고, 무인들마저도 잃는다는 건 상상하기도 싫은 일이다.

누군가 먼저 나서기를 바라며 우물쭈물하고 있는 그때 혁무조의 목소리가 재차 들려왔다.

"불만이 있다면 지금 바로 내 앞으로 나오라 명했다."

혁무조가 지금 하고 있는 건 권고가 아니다.

권고를 가장한 경고. 지금 누구라도 걸리면 당장이라도 물어뜯어 버리겠다는 듯한 진한 살기를 뿜어 대고 있는 상황이다.

더군다나 죄의 유무를 따진 후에 문제가 없다면 다시금 본래대로 되돌려 준다 말하고 있는 혁무조다.

지금 같은 상황에 과한 게 아니냐며 나선다는 것 자체가 자신들은 죄가 있다고 말하는 것처럼 보일 수도 있다는 거다.

수만 명의 눈동자가 바라보는 지금 괜한 의심을 살 수는 없는 노릇.

결국 칠대천들 중 그 누구도 혁무조의 말에 조금의 반발조차 할 수가 없었다. 그리고 이 모든 걸 혁무조는 이미 계산하고 있었다.

완벽한 상황, 그랬기에 이토록 그들의 힘을 아무런 피해 없이 빼앗을 수 있었다.

분노가 치민 얼굴로 고개를 돌리던 혁무조의 시선이 잠시나마 혁련휘와 마주했다. 그리고 그 순간 혁무조의 표정이 한결 부드럽게 변했다.

하고 싶은 말이 참으로 많았다.

그렇지만 그 많은 말들을 혁무조는 속으로 삼킬 뿐이었다.

혁무조가 혁련휘를 향해 말했다.

"지금 이 순간부터 네 의지가 곧 나의 의지다. 그러니…… 네 마음대로 하거라."

혁무조가 던진 그 한마디의 여파는 생각보다 컸다.

소교주가 죽었다는 사실을 밝힌 지금에 와서야 어쩌면 당연한 것일지 모르지만 혁무조는 은연중에 혁련휘가 자신의 후계자라는 걸 다른 이들에게 말하고 있는 것이었으니까.

혁무조는 주변의 그런 자그마한 변화를 놓치지 않았다. 그리고 그것 또한 혁무조가 원하는 바이기도 했다.

"맡긴 이상 잘 처리할 거라 믿지. 조만간 다시 보자꾸나."

말을 마친 혁무조는 단상 아래로 걸어 내려가더니 이내 다시금 그 많은 사람들 틈으로 걸어가기 시작했다. 그런 혁무조의 퇴장에 아까와 마찬가지로 마교의 수많은 무인들은 길을 튼 채로 그의 뒷모습에 예를 갖추었다.

그렇게 혁무조가 퇴장하는 사이 혁련휘가 곧바로 소리쳤다.

"적인호, 장룡!"

그의 부름에 마혈적가의 적인호와 흑랑방의 장룡이 뛰어나왔다.

혁련휘의 편에 서 있는 두 개의 칠대천들. 그들을 향해 혁련휘가 명을 내렸다.

"지금 바로 천위극과 가후를 연행해. 너희 두 세력은 이번 조사를 위해 필요한 인원을 미리 정해서 나에게 보고하고. 그들만 남겨둔 채 나머진 명령대로 일시적으로 해산시킨다."

"알겠습니다, 대공자님."

장룡이 고개를 끄덕였다.

혁련휘의 편에 있긴 하지만 교주의 명령이 있었기에 그들 또한 일시적으로나마 개인 병력들을 해산시켜야만 했다.

물론 명령대로 혁련휘를 도울 정도의 숫자의 무인은 남겨 두고 말이다.

그때 옆에 서 있던 적인호가 물었다.

"저들을 어디로 데리고 갈까요?"

"천용전에 가둬. 나도 곧바로 갈 테니까 거기서 기다리고. 혹여나 자결하지 못하게 신경 쓰고."

"주의하겠습니다."

명이 떨어지기 무섭게 적인호와 장룡은 수하들과 함께 쓰러진 가후와, 서 있는 천위극을 강제로 끌다시피 데리고 뒷길을 통해 마인전을 빠져나갔다.

그리고 이내 혁련휘 또한 적인호와 장룡이 사라진 마인전의 뒷길로 들어섰을 무렵 누군가가 그를 향해 다가오고 있었다.

부의민과 달치였다.

부의민은 여전히 혁련휘의 손에 들린 호리병을 힐끔 쳐다보더니 물었다.

"그 호리병 비설이 가져온 거야?"

부의민의 질문에 혁련휘는 고개를 끄덕였다. 그러자 부의민이 감탄한 듯이 탄성을 토해 냈다.

"자식, 기한 내에 못 오는 줄 알았더니 결국 이렇게 해냈네."

감탄한 듯한 목소리.

비설에 대한 이야기가 나오자 혁련휘는 잠시 자신의 거처가 있는 쪽으로 시선을 돌렸다.

돌아온 비설에게 당장이라도 가 보고 싶었지만 지금은 해야 할 일이 있었다.

천위극과 가후의 취조. 그리고 혹여나 둘을 통해 그 정체불명의 단체에 대해 뭔가 단서를 알아낼 수 있을지도 모른다.

혁련휘가 말했다.

"둘 다 가서 쉬고 있어. 난 잠시 천용전에 다녀올 테니까.”

“그렇게 하지 뭐. 아, 근데 환야 그 녀석은 자기를 치료해 줬던 그 의원은 왜 찾은 거야?”

의아하다는 듯이 묻는 부의민의 그 한마디에 천용전으로 가려던 혁련휘가 움찔하고는 멈춰 섰다. 혁련휘가 고개를 돌려 부의민을 응시했다.

“……그게 무슨 말이지?”

“아까 전에 마인전에 나타나서 너한테 호리병을 건네주고는 나한테 바로 전음으로 전에 자기 죽을 뻔했을 때 치료해 줬던 의원이 어디에 있는 자냐고 물어보던데? 너한테도 아무 말 안 했어?”

“전혀.”

갑작스럽게 환야가 의원을 찾았다는 말에 혁련휘는 아까 전 그와의 대화를 더듬어 봤다. 생각해 보면 다소 이상한 것들이 있었다.

비설이 이곳에 오지 않았다는 거나, 환야 또한 뭔가 급하게 돌아갔다는 것도.

뭔가를 생각해 낸 혁련휘의 얼굴이 굳어지는 그때였다.

“이상하네. 뭔가 다급해 보이던데…….”

부의민의 중얼거림.

그리고 그 중얼거림을 듣는 순간 혁련휘는 더는 냉정할

수 없었다.

"……비켜."

타악!

앞을 막고 있던 부의민과 달치를 밀치며 혁련휘가 갑자기 달려 나갔다. 그의 손에 밀린 부의민이 엉덩방아를 찧으며 바닥을 굴렀다.

"아이고야, 내 엉덩이."

죽는소리를 하며 자리에서 일어난 부의민이 자신의 엉덩이를 손바닥으로 문질러 댈 때였다.

옆에 서 있던 달치가 혁련휘가 사라진 방향을 바라보며 중얼거렸다.

"달치, 처음이다."

"넌 또 갑자기 뜬금없이 뭐가 또 처음이라는 거야? 이렇게 우스꽝스럽게 넘어지는 사람은 처음이다 뭐 이런 소리 하려는 건 아니겠지?"

쏘아붙이는 부의민의 말에 달치가 고개를 마구 저었다.

그러고는 이내 방금 전 스쳐 지나가기 직전의 혁련휘의 얼굴을 떠올리며 달치가 말을 이었다.

"달치, 주인하고 오래 봤다. 주인 언제나 침착하다. 칼 수십 개에 찔렸을 때도 주인 눈 하나 깜짝 안 했다. 그런 주인이…… 저렇게 놀란 얼굴 달치는 처음이다."

아주 짧은 찰나의 순간.

그렇지만 달치는 볼 수 있었다.

오랜 시간 함께하며 단 한 번도 보지 못했던 혁련휘라는 사내의 흔들리는 모습을.

* * *

혁련휘가 마인전에서 모든 분위기를 역전시키고 있는 바로 그때.

환야는 다급히 움직이고 있었다. 그가 향한 곳은 다름 아닌 우치에게 당했을 때 자신을 치료해 준 의원이 있는 곳이었다.

당시엔 다친 당사자였기에 그 의원이 어디 있는지 몰랐고, 그랬기에 부의민에게 전음을 날려 위치를 물었던 것이다.

치료를 받으면서 느꼈지만 그 의원은 제법 실력이 있는 자였다. 게다가 자신이 다쳤던 사실이 추후에도 바깥에 퍼지지 않았다.

그만큼 입이 무겁고, 혁련휘와 적대시하고 있는 이들과 인연이 없다는 말이기도 했다.

자신이 다쳤던 일도 소문이 나길 원하진 않았지만 비설

의 입장은 보다 특이했다. 그녀가 바로 여인인 탓이다.

환야는 왜 비설이 남장을 하고 있는지는 알지 못한다. 그렇지만 분명 그 이유가 있을 터.

혹시라도 그녀가 남자가 아닌 여자라는 게 들통이 났을 때 곤란한 일이 생길 걸 염려한 환야에게 그 의원은 지금 당장 떠올릴 수 있는 최고의 적임자였다.

부의민이 가르쳐 준 곳으로 의원을 찾아간 환야는 그를 거의 업고 뛰다시피 하며 자신들이 머무는 거처로 돌아왔다.

돌아와서 본 비설의 상태는 여전히 최악이었다.

침상에 누워 있는 그녀는 시체처럼 혼절해 있었다. 퍼져 있는 비설을 환야의 등 뒤에 업혀 있던 의원이 발견하고는 표정을 잔뜩 구겼다.

그는 자신도 모르는 사이에 경악에 가까운 비명 소리를 토해 냈다.

"맙소사……."

제대로 상태를 확인해 보지도 않았거늘 의원의 눈에는 이미 엉망이 되어 버린 그녀의 속이 보이는 듯했다.

환야가 업고 있던 그를 황급히 내려 주었고 의원은 침상에 쓰러져 있는 비설에게 다가갔다.

의원은 곧바로 비설의 맥을 짚었다.

맥을 짚던 의원의 표정이 굳어졌다.

“어떻습니까?”

옆에서 다급하게 물어 오는 환야의 목소리에 의원은 잠시 비설을 내려다보다 입을 열었다.

“언제부터 이리된 겁니까?”

“그게…… 열흘 정도일 겁니다.”

정확히는 알 수 없었지만 목적지였던 장원과 이곳의 거리를 생각해봤을 때 내릴 수 있는 결론이었다. 그런 환야의 말을 들은 의원이 믿을 수 없다는 표정으로 대꾸했다.

“그럴 리가요. 이런 부상을 입었는데 열흘 가까이를 버텼다는 말입니까?”

가까스로 뛰고 있는 맥, 그리고 겉으로 봐도 확연하게 확인할 수 있는 수없이 많은 베인 흔적들까지. 더군다나 속은 진탕이 된 듯 뒤집혀 있다.

문제는 지금만으로도 최악인데 이게 무려 열흘 정도 전에 입은 부상이란 말에 의원은 이루 말로 표현하기 어려운 표정을 짓고 있었다.

환야는 차마 지금 이 몸으로 귀주성 천주부터 이곳까지 돌아왔다는 말을 하지 못하고 삼켜야만 했다.

자신조차도 믿지 못할 일인데 평범한 이 의원에게 그런 말도 안 되는 사실로 충격을 줄 상황이 아니었으니까.

환야의 말이 믿기 어려웠는지 무기에 베인 자국들을 살펴보던 의원이 그제야 고개를 끄덕거렸다.

"상처 부위가 아문 걸 보아하니 며칠 정도 지난 건 확실하군요."

"그래서요. 그래서 이 녀석 상태는 어떻습니까?"

환야는 쓸데없는 대화를 나눌 여유가 없었기에 조급하게 물었다. 그런 그의 질문에 의원이 슬그머니 대답했다.

"지금 이 정도의 부상이라면 사실 죽었어도 이상할 게 없을 정도입니다."

"……그 말은 위험하다는 겁니까?"

"그렇습니다. 아니, 그래야 하는데…… 이상하게 살아 있군요."

"그게 무슨 말입니까?"

"저도 잘 모르겠습니다. 죽어도 이상할 게 없는 부상인데 오히려 상태가 그리 나쁘진 않습니다."

의원이 이상하다는 듯이 지금 비설의 상태를 설명했다. 그가 곧바로 말을 이었다.

"사실 이런 경우라면 답은 두 개입니다. 죽은 사람도 살린다는 화타를 만났거나, 그게 아니라면 아마 어릴 때부터 복용한 많은 영약이 목숨을 지켜 줬거나."

의원의 말대로였다.

비설이 이토록 버틸 수 있었던 건 그녀의 몸 안에 녹아 있는 온갖 영약 덕분이었다. 큰 부상을 입고 이렇게 먼 마교까지 달려왔다.

죽었어야 한다.

그런데 그녀는 그런 부상을 입고도 오히려 스스로 나아가는 중이었다.

의원의 말을 들은 환야가 다리의 힘이 풀린 듯 길게 한숨을 내쉬고는 물었다.

"그 말은 곧 목숨에는 별 지장이 없다는 말씀이십니까?"

"부상에 비해 몸이 버텨 준다는 것뿐이지 생사를 장담할 수 있는 상황은 아닙니다. 지금은 한시라도 빠른 치료가 급하니 우선은 손을 써 보고 하늘에 비는 수밖에요."

의원의 말에 한결 밝아졌던 환야의 표정이 다시금 어두워졌다.

그런 환야를 뒤에 둔 채로 의원은 곧바로 침상에 누워 있는 비설의 상의에 손을 가져다 댔다. 의원의 움직임에 환야가 다급히 말했다.

"잠시만요."

환야의 말에 비설의 상의를 벗기려던 의원의 손이 움찔했다. 그렇지만 그뿐이었다. 의원이 고개를 돌려 환야를 바라보고는 말했다.

"무슨 일입니까?"

"하나 미리 알아 두셔야 할 게 있습니다. 남장을 하고 있지만 이 녀석 여인입니다."

"그래서요?"

"이 일…… 바깥으로 흘러 나가지 않았으면 합니다."

환야가 솔직하게 속내를 밝혔다.

혹시 모를 비설의 비밀을 지켜 주기 위함이다.

그런 환야의 말에 의원은 담담한 표정을 지었다.

중년을 훌쩍 넘어 이제는 노인이라 불러도 어색하지 않을 나이의 그는 오랜 시간 환자를 봐 온 자였다.

그가 무뚝뚝하니 대꾸했다.

"환자에 대해 아무런 것도 이야기하지 않습니다. 그저 전 환자를 치료할 뿐이니까요. 그럼 이제 손을 써도 되겠습니까? 시간이 급한 환자라서요."

"물론입니다."

대답을 들은 환야가 황급히 손에 들고 있던 의원의 짐 꾸러미를 내밀었다.

짐 꾸러미를 옆에 내려놓은 그가 곧바로 비설의 상의를 조심스레 벗겼다.

그리고 이내 새하얀 비설의 속살이 모습을 드러냈다.

비록 가슴을 붕대로 칭칭 동여매곤 있었지만 환야는 슬

쩍 고개를 돌렸다. 그렇지만 의원은 아무렇지도 않은 듯이 빠르게 그녀의 상태를 살폈다.

몸 곳곳에 난 베인 상처들.

응급처치가 되어 있는 그 상처에 의원은 먼저 가지고 온 약재를 발랐다. 그리고 이내 어깨 부분에 몇 개의 침을 놓았다.

가볍게 몇 곳에 약재를 바르는 걸 끝마친 의원은 깨끗한 천으로 비설의 상체 일부를 가렸다. 그제야 고개를 돌린 환야는 옷으로 가려졌던 그녀의 팔과 어깨 부분에 난 상처들을 보며 안쓰러운 표정을 지어 보였다.

많이 아물긴 했지만 몸 곳곳에 나 있는 상처들이 비설이 어떤 일을 겪어 내며 이곳으로 돌아왔는지를 말해 주는 듯했다.

혼절한 채 치료를 받고 있는 비설을 침상 한쪽에 선 채로 내려다보던 환야의 시선이 갑자기 문 쪽으로 향했다.

찬바람을 막기 위해 닫아 두었던 문.

그리고 그 문으로 누군가가 거칠게 다가오고 있었다.

갑작스러운 움직임, 그렇지만 환야는 그 발걸음 소리의 주인공을 알 수 있었다.

타앙!

거칠게 문이 열리며 모습을 드러낸 한 사내, 그리고 그는 환야가 예상한 대로 혁련휘였다.

방 안으로 뛰어 들어온 혁련휘의 시선이 곧바로 침상에 누워 있는 비설에게로 향했다. 갑작스러운 혁련휘의 등장에 놀란 듯 의원이 뒤돌아봤지만…… 그의 눈에 보이는 건 죽은 듯이 누워 있는 비설 그녀뿐이었다.

핏기 없는 비설의 얼굴을 보는 순간 혁련휘는 마치 쇠망치에 머리라도 맞은 것처럼 그 자리에 선 채로 멍하니 그녀를 바라만 보고 있었다.

혁련휘의 손끝이, 입술이 부르르 떨렸다.

그런 혁련휘에게 다급히 환야가 다가갔다.

"대장."

"……상태는?"

혁련휘의 질문에 환야는 표정을 구겼다.

좋은 이야기를 해서 그의 마음을 안심시켜 주고 싶었지만 그럴 상황이 아니다.

환야가 고개를 숙인 채로 말했다.

"숨은 붙어 있지만 상태는 그리 좋지 않답니다."

환야의 대답을 들은 혁련휘가 천천히 한 걸음 한 걸음 침상으로 다가왔다. 그러고는 혼절해 있는 비설의 머리맡에 선 채로 그녀를 가만히 내려다봤다.

엉망인 행색, 얼마나 고생을 했는지 얼굴은 초췌하기 그

지없다.

그런 비설을 보고 있자니 혁련휘의 가슴 한편이 울렁거리기 시작했다.

혁련휘가 손을 들어 자신의 얼굴을 감싸 안았다.

얼굴을 감싼 그의 손이 부들부들 떨리고 있었다.

슬픔을 넘어선 그 끝을 가늠할 수 없을 정도의 깊은 분노가 치밀어 올랐다.

혁련휘가 천천히 얼굴을 감쌌던 손을 내리며 물었다.

"왜…… 말하지 않았느냐."

힘겹게 말을 내뱉는 혁련휘의 목소리에는 터질 것만 같은 분노가 담겨져 있었다.

상대가 환야가 아니었다면 말보다는 행동이 먼저였을 상황. 머리가 하얗게 변할 정도로 화가 치밀었지만, 혁련휘는 애써 마지막 인내심을 쥐어짜며 물어 온 것이다.

그런 혁련휘의 분노를 잘 알기에 환야가 조심스레 대답했다.

"이 아이가 원하지 않았으니까요."

"비설이?"

"예, 대장이 흔들리는 모습 보고 싶지 않다며 제게 간곡히 부탁했습니다. 죄송합니다, 대장. 이런 몸으로도 어떻게든 돌아온 녀석의 부탁을 거절할 수가 없었습니다."

환야의 대답을 들을수록 혁련휘는 억장이 무너지는 느낌을 받았다.

이렇게 엉망인 상태에서도 자신의 걱정을 했다는 소리가 아니던가. 이런 몸으로 마교까지 돌아왔다는 게 어떠한 뜻인지 모를 혁련휘가 아니다.

보지 않았지만 그녀가 감내했어야 할 상황들이, 고통들이 절절히 와 닿는다.

그랬기에 마음이 아팠다.

비설을 이렇게 다치게 만든 자신에 대한 화마저 치밀었다.

'내 말 때문에 이 녀석이…….'

도와 달라는 그 말 하나에 모든 걸 던지고 위험에 몸을 던진 비설. 그런 그녀의 엉망으로 다친 모습을 보고 있자니 이 모든 상황이 자신 때문이라는 생각마저 들었다.

하얀 얼굴로 누워 있는 비설을 바라보던 혁련휘가 자신의 가슴을 움켜쥐었다.

만약 최악의 경우 비설이 이대로 다시 눈을 뜨지 못한다면 그 밝게 웃는 얼굴을 영영 보지 못하겠지.

그 생각이 드는 순간 심장이 터질 것처럼 꿈틀거렸다.

아팠다. 그리고 숨을 못 쉴 정도로 답답했다.

자신을 형님이라 부르던 한 명의 동생을 이미 잃었다. 그런 지금 또 한 명의 소중한 존재를 잃게 되는 걸 혁련휘는 원하지 않았다.

혁련휘가 화가 가득한 얼굴로 옆에 있던 의원에게로 시선을 돌렸다.

서슬 퍼런 혁련휘의 시선에 의원이 굳어 있는 그때였다.

혁련휘가 의원을 향해 차가운 목소리로 말했다.

"……살려."

"최선은 다해 보겠지만 장담은……."

"살려! 어떻게든!"

항상 냉정한 혁련휘의 입에서 나온 거라고는 믿기지 않을 정도로 거친 감정이 담긴 고함 소리였다.

앞에 마주하고 있던 환야가 깜짝 놀라 그를 바라볼 정도로 지금의 혁련휘는 평소에 보기 힘든 모습을 보여 주고 있었다.

그리고 그게 전부가 아니었다.

혁련휘가 화가 난 소리로 말을 이었다.

"찾을 것이다! 이 아이를 이렇게 만든 배후에 있는 놈들을 당장에 찾아 하나도 남김없이 모조리 다 찢어 죽이고……."

툭.

화를 내며 말을 쏟아 내던 혁련휘의 손에 무엇인가가 닿았다. 따뜻한 손이 그의 손을 감싸 안고 있었다. 그리고 이내 들려온 자그마한 목소리.

"형님……."

손에 닿는 감촉, 그리고 채 놀라 고개도 돌리기 전에 들려온 그 목소리는 화를 쏟아 내던 혁련휘를 멈칫하게 만들었다.

의원에게로 향해 있던 혁련휘의 시선이 소리가 들려온 침상 쪽으로 천천히 돌아갔다.

그리고 그곳에선 비설, 그녀가 눈을 뜬 채로 혁련휘를 보고 있었다.

다시 보지 못하면 어떻게 하나 생각하며 마음을 아프게 했던 그 미소를 머금은 채로 말이다.

눈을 뜨고 있는 비설의 얼굴을 확인하는 순간 분노가 가득했던 얼굴이 여러 가지 감정이 뒤섞이며 일그러졌다.

"너……!"

"형님. 왜 이렇게 화가 나셨어요."

웃으며 힘겹게 입을 여는 비설을 보며 혁련휘의 말문이 막혔다. 바짝 마른 입술을 움직이며 이야기하는 비설.

혁련휘가 몇 번이고 입을 열었다 닫았다를 반복했다. 목구멍까지 수없이 많은 말이 밀려 나왔지만 쉽사리 목소리가 나오지 않는다.

혁련휘가 떨리는 목소리로 말했다.

"……내 말하지 않았더냐. 다치지 말고 돌아오라고."

"그러려고 했는데…… 일이 좀 꼬였어요. 그래도 이렇게 임무도 완수하고 돌아왔는데 너무 혼내지는 마세요, 형님."

"임무가…… 뭐가 그리 중요하단 말이냐. 네가 이리도 다쳤는데."

자신의 손을 쥐고 있는 비설의 힘없는 손을 내려다보며 혁련휘는 목이 막혀 왔다.

까지고 몇 번이고 터져 나간 상처가 가득한 손바닥.

그렇지만 이 손바닥이 혁련휘의 손을 잡는 순간 세상을 뒤집을 것만 같던 분노가 거짓말처럼 사라졌다.

혁련휘가 침상에 걸터앉으며 보다 비설과 가까운 거리에서 눈을 맞췄다.

비설은 자신의 손을 꼭 쥐고 있는 혁련휘의 손을 내려다보며 다시금 희미하게 웃었다.

혁련휘의 화가 난 목소리를 듣기 전까지 비설은 완전히 정신을 잃은 상태였다.

어두운 세상에 갇혀 있던 그녀가 정신을 차린 건 혁련휘의 목소리 덕분이었다.

그렇게 눈을 뜬 비설은 혁련휘를 볼 수 있었다.

처음엔 꿈이 아닌가 생각했다.

그랬기에 용기를 내서 그의 손을 잡았다.

그리고 느껴지는 그 감촉에 비설은 지금 이 순간이 꿈이 아님을 알 수 있었다.

혁련휘의 손을 마주 잡은 채로 비설이 화사하게 웃었다.

"형님, 너무 걱정하지 마세요. 제 몸은 제가 잘 압니다. 이 정도 부상 곧 털어 내고 일어날 수 있어요."

걱정하지 말라고 말하는 비설의 목소리에 혁련휘 또한 당연하다는 듯이 말을 받았다.

"알고 있어. 넌 강한 사람이니까. 그리고 결정적으로 난 네가 지금 내 옆을 떠나는 걸 허락지 않았다. 그러니…… 이대로 떠나지는 못한다."

혁련휘의 말에 비설은 픽 웃었다.

그녀는 그 상태로 고개를 끄덕거렸다.

"그럼요. 전 죽을 때도 형님 허락을 받고 죽어야죠."

"알면 됐어. 몸도 안 좋은데 너무 말 많이 하지 말고 우선 푹 쉬어."

비설과 계속해서 이야기를 나누고 싶었다.

그렇지만 지금 그녀는 큰 부상을 입은 환자. 그런 비설에게 이런 대화조차도 무척이나 버거운 건 당연지사였다.

혁련휘의 말에 비설은 별다른 대답 없이 슬그머니 눈을

감았다.

혁련휘가 걱정할까 봐 내색하지 않았지만 사실 눈을 뜨고 말 한 마디 한 마디 내뱉는 그 모든 것들이 비설에겐 크나큰 고역이었다.

눈을 감은 비설이 여전히 혁련휘의 손을 잡은 채로 조심스레 물었다.

"제가 잠들 때까지 제 옆 지켜 주실 거지요?"

"물론이지."

머리맡에 앉은 혁련휘가 걱정하지 말라는 듯이 말을 받았을 때였다.

눈을 감은 채로 길게 숨을 내쉰 비설이 힘겹게 말했다.

"하아, 형님이 옆에 계시니 맘이 놓여요. 사실 무서웠거든요. 다시…… 형님을 못 뵐까 봐."

이곳까지 오는 내내 비설이 버틸 수 있었던 건 하나였다.

혁련휘를 향한 마음.

그 마음 하나로 부상을 당한 몸을 이끌고 마교까지 돌아왔다.

그랬기에 한편으로는 두려웠다.

정말 만약에라도 자신이 움직이지 못해 죽음을 맞이한다면 그를 다시 볼 수 없을 거라는 사실이.

절대 놓치고 싶지 않다는 듯 비설은 맞잡고 있는 혁련휘의 손을 더욱 꼬옥 잡았다.

그녀가 비몽사몽한 상태에서 입을 열었다.

"보고 싶었어요. 정말로…… 많이요."

그 말을 끝으로 비설은 입을 닫았다.

마음 아픈 표정으로 비설을 내려다보던 혁련휘가 맞잡은 손의 반대편 손을 들어 그녀의 머리를 가만히 쓰다듬었다.

이미 혼절해 듣지도 못할 상황.

그렇지만 혁련휘는 비설의 말에 답했다.

"나도…… 네가 그리웠단다."

6장. 조사

— 그런 녀석을 한 명 압니다

발칵 뒤집힌 건 마교 뿐만이 아니었다.

혁련휘가 그토록 찾는 그들이라는 존재.

그들 또한 이번 가짜 소교주의 일로 모일 수밖에 없었다.

어두컴컴한 대전 안에는 이미 누군가가 자리하고 있었다.

유영인을 제외한 우치와 고경천, 소일홍이.

그리고 그런 세 명과 다소 떨어진 곳에 위치한 휘장 안에서 모습을 감추고 있던 사내의 목소리가 흘러나왔다.

"대체 어떻게 대공자가 인피면구를 벗길 방법을 찾은 거지?"

이번 계획은 그저 칠대천들만이 연관된 문제가 아니다. 이번 인피면구의 일을 마무리하기 위해 직접 자신의 수하들을 보냈다.

혈갑도수대, 그들을 보내 인피면구에 대해 아는 모두를 죽이고 서역에 있는 사사혈교까지 접수하려던 사내다.

그런데 그들보다 먼저 대공자가 인피면구를 벗겨 낼 약을 구해서 나타났다.

수만 명이 넘는 마교의 무인들 앞에서 가짜 소교주의 정체가 여실히 드러났고, 이 일은 결코 가볍게 넘어갈 수 있는 사안이 아니었다.

칠대천의 힘 때문에 참고 있던 수많은 이들에게 그들은 치명적인 명분마저 쥐여 줬다. 이 일로 마교의 판세는 급변할 것이다.

당장에 교주 혁무조는 이번 가짜 소교주 사건을 빌미로 칠대천의 모든 병력을 빼앗았다. 그리고 그 모든 처리를 대공자에게 맡겼다.

자연스럽게 권력의 구도를 대공자에게 향하게 하기 위한 계략일 것이다.

휘장 안의 사내가 이해가 안 간다는 듯이 물었다.

"분명 그 인피면구는 만보신면인가 하는 그자가 아니고서는 벗길 방법조차 알지 못한다 하지 않았더냐."

사내의 질문에 소일홍이 고개를 끄덕였다.

"네, 대장. 분명 그리 들었어요. 워낙 특이하게 만드는 물건이라 본인이 아니라면 결코 벗기지 못했고 그래서 이번 작전에 쓰였죠."

"그 말은…… 만보신면이 대공자에게 인피면구를 벗길 수 있는 그걸 전해 줬다는 건데."

휘장 안에 있는 사내도, 바깥에 있는 세 명의 수하들도 그런 지금의 상황에 고개를 저을 수밖에 없었다.

대공자가 만보신면에 대해 알아내고, 그가 갇힌 곳까지 찾아냈다?

그리고 그걸로 모자라 그곳에 있는 만보신면에게서 오늘 인피면구를 벗겨 낸 그 뭔가를 받아 왔다는 게 쉬이 납득이 가지 않았다.

지금 이 모든 상황을 설명할 수 있는 건 바로 임무를 가지고 떠난 혈갑도수대뿐이었다.

휘장 안의 사내가 물었다.

"혈갑도수대에게서 연락은?"

"저기, 그게……."

자신들의 수장의 날카로운 질문에 우치는 당황스러운 표정을 지어 보였다.

주기적으로 날아오던 혈갑도수대의 연락이 끊긴 지 며칠

이 지났다.

그렇지만 우치는 별반 대수롭지 않게 생각했다.

다른 이들도 아닌 혈갑도수대다. 그들의 무력이라면 그 어딜 가도 위험에 빠질 거라 여기지 않았으니까.

헌데 상황이 이렇게 되면 말은 달라진다.

우치가 조심스레 말을 이었다.

"며칠째 연락이 안 됩니다."

"……마지막으로 받은 연락은?"

"천주 인근에 도착했다는 말을 끝으로 연락이 없습니다."

"주기적으로 연락을 취하기로 되어 있는 걸로 아는데."

"예. 혈갑도수대의 경우 이틀에 한 번씩 보고를 하기로 되어 있습니다. 더군다나 원래대로라면 지금쯤 서역 부근에 당도했을 테니 무조건 연락을 했어야 하는데……."

대답을 하는 우치는 무척이나 떨떠름한 표정을 짓고 있었다. 정말 말도 안 되는 생각이 머리를 스치고 지나간 탓이다.

그들이 당했다?

우치를 향해 휘장 안의 사내의 목소리가 높아졌다.

"그걸 왜 이제야 보고해?"

"죄, 죄송합니다."

거구의 사내 우치는 사내의 질책에 몸을 움츠렸다. 가뜩이나 뚱뚱한 살집 때문에 없던 목이 어깨 사이로 파묻히는 느낌이었다.

바로 그때 유일하게 이 자리에 없던 유영인이 대전 안으로 걸어 들어오고 있었다. 그녀는 곧바로 휘장 안에 있는 사내에게 예를 갖췄다.

"대장, 급히 드릴 보고가 있습니다."

"말해 봐."

사내의 대답이 떨어지자 유영인이 침통한 표정으로 말을 이었다.

"이번 일의 뒤처리를 확인하기 위해 사람을 보냈는데 혈갑도수대 전원…… 몰살이랍니다."

"뭐? 몰살?"

휘장 안에 있던 사내의 움찔하는 움직임은 바깥에 있는 나머지 네 명에게까지 느껴질 정도였다. 그만큼 사내는 놀란 빛이 역력했다.

휘장 안의 사내가 분통을 터트렸다.

"망할!"

혈갑도수대 전원이 죽은 게, 만보신면의 인피면구 계획이 망가진 게 화가 나는 것이 아니다.

이번 임무의 더욱 큰 목적인 서역으로의 교두보 확보라

는 자신의 계획이 완전히 일그러진 것. 그게 더 큰 문제였다.

물론 사내의 휘하에는 사사혈교 정도를 제압할 많은 무력 단체들이 즐비했다.

허나 그들 대부분이 제각각의 임무를 맡고 있고, 또한 그게 아니라면 위치상으로 너무 멀리 떨어져 있다. 그들이 아무리 뛰어난 무인이라고 해도 그 숫자가 백여 명 이상씩 되는 무리다.

그런 무리가 움직이면서 모두의 눈을 피하는 건 쉬운 게 아니다.

여러 가지 정황상 다시금 서역으로 눈을 돌리기에는 얼추 반년 가까운 시간이 소요될 터. 다만 문제는 사사혈교가 그 안에 혼란스러운 내부를 정리하게 될지도 모른다는 거다.

그렇게 되면 서역으로 뻗어 나가려는 사내의 계획은 지금보다 몇 곱절은 어려워질 게 불 보듯 뻔했다.

그 전에 분명 어떠한 방비책을 마련해야 한다.

그나마 다행인 점은 이번 혈갑도수대의 전멸과 관련된 자가 누군지 안다는 것이다.

대공자는 오늘 만보신면만이 가지고 있는 인피면구를 벗겨 낼 비책을 사용했다.

그 말은 곧 그가 귀주성 천주로 사람을 보냈다는 것이고, 때맞춰 그곳에 있던 혈갑도수대와 싸웠음이 분명하다.

범인은 대공자와 관련된 놈들이 분명한 상황, 그런데 이상하다.

혈갑도수대를 쓰러트릴 정도라면 어지간한 무인들로는 되지 않을 일이다. 그들을 꺾을 정도의 무력을 지닌 무인들이 움직였다면 어찌 자신들이 알지 못했을까?

사내가 물었다.

"분명 대공자와 관련이 된 일이다. 마교의 어떤 세력이 움직였는지 파악이 되었느냐?"

"그게…… 한 명에게 당했답니다."

"한 명?"

한 명이라는 유영인의 말에 휘장 안에서 놀란 듯한 목소리가 흘러나왔다. 사내의 물음에 유영인이 보고 받은 사실을 곧바로 알렸다.

"시체에 난 흔적으로 보았을 때 상대는 한 명입니다. 검을 사용하고, 강기를 마구 뿌려 댈 정도의 막강한 내공을 지닌 고수인 듯합니다. 아, 그리고 종종 시신에 두 개의 검상이 줄지어 나 있는 걸로 추측하자면 범인은 쌍검을 사용하는 자일 확률이……."

"쌍검이라고?"

둘의 대화에 끼어든 건 지금껏 눈치를 보느라 목을 움츠리고 있던 우치였다. 우치는 놀란 표정으로 다시금 되물었다.

“너 지금 쌍검이라고 했냐? 확실해?”

“확실한 건 아니지만 그럴 가능성이 매우 커. 그런데 갑자기 그건 왜? 짐작이 가는 자라도 있는 거야?”

유영인의 물음에 우치는 잠시 그 자리에 선 채로 생각에 잠겼다. 그녀가 말한 그 모든 것에 일치하는 한 명이 지금 머리에 떠올랐으니까.

환야를 죽이려 했던 바로 그 날 만났던 한 명의 호리호리한 인물.

바로 환영학관의 학생으로 알려져 있던 비설을 떠올린 것이다. 손을 맞댔기에 우치는 알고 있었다. 비설 그녀가 엄청난 실력을 가진 쌍검술의 고수라는 사실을.

그 날을 생각하자 분이 치미는지 우치가 이를 갈며 슬그머니 입을 열었다.

“한 명, 생각나는 한 명이 있습니다, 대장.”

“누구지?”

우치의 말에 사내는 물었다. 그러자 우치가 곧바로 대답했다.

“비설이라는 놈입니다.”

"비설?"

분명 들어는 봤지만 그리 기억에 남지 않는 이름. 그랬기에 휘장 안의 사내는 잠시나마 그 이름의 주인이 누구인지 고민해야 했다.

그런 사내의 반응은 당연한 것이었다.

그만큼 비설이라는 존재가 드러난 적이 없었으니까.

우치는 대장이라 부르는 사내에게 곧바로 비설이 누구인지 설명했다.

"그 있잖습니까. 대공자 옆에 항상 따라다니는, 환영학관에서부터 같이 왔다는 정파 놈 말입니다."

우치의 설명을 듣고서야 사내는 비설의 존재를 확실하게 떠올릴 수 있었다.

분명 그런 자가 있었다.

다만 대공자 일행 중에 가장 신경을 쓰지 않던 존재였기에 기억하지 못했을 뿐이다.

우치의 말을 들은 그 사내가 기가 막힌다는 듯이 입을 열었다.

"모두에게 묻지."

"하명하시지요."

네 사람이 거의 동시에 대답을 하는 그 순간 휘장 안의 사내가 물었다.

"지금 이곳에서 혈갑도수대 전원과 싸워 이길 수 있다 자신할 수 있는 자가 있더냐. 그리고 그들과 싸우고 이곳 마교로 열흘 이내에 돌아올 수 있는 자는?"

"……."

유영인과 우치, 고경천 소일홍 이렇게 네 명 모두가 아무런 대답도 하지 못했다.

물론 아예 불가능한 일은 아니다.

혈갑도수대의 수장인 철무극을 빠르게 제압할 수만 있다면야 나머지를 처리하는 건 그리 어려운 일이 아니니까.

허나 철무극이 그리 쉽게 당해 줄 위인이 아니라는 걸 알기에 이들 모두 대답하지 못하는 것이다.

그는 싸움에 능했고, 또 쓸데없는 자존심으로 일을 그르치는 인물도 아니다. 그라면 분명 수하들도 적절히 이용하며 싸움을 이어 나갔을 테고, 그런 상황에서 철무극을 죽이는 건 커다란 피해를 감수한 후에나 가능할 법한 일이다.

그런 몸으로 나머지 모두를 죽이고 이곳 마교까지?

말도 안 되는 소리다.

그것이 가능할 거라는 생각이 들지 않았기에 넷 중에 그 누구도 쉽사리 대답하지 못하고 있는 것이다.

아무런 대답도 하지 못하는 넷을 휘장 너머에서 내려다보던 사내가 말을 이었다.

"너희 모두가 쉽사리 대답하지 못하는 그 일을 환영학관을 다니던 풋내 나는 애송이가 해냈다? 지금 이 말을 나에게 하고 싶은 것이냐?"

믿지 못하는 게 당연했다.

우치 또한 자신이 직접 비설의 실력을 겪어 보지 않았다면 믿을 수 없었을 테니까 말이다.

우치가 자신이 겪은 일에 대해 그에게 말했다.

"믿기 어려우신 것 압니다. 저라도 분명 믿지 못했을 테니까요. 그렇지만 그놈과 싸워 봐서 압니다. 그냥 애송이가 아닙니다, 대장."

"싸워 봤다고?"

"예, 일전에 흑룡방 방주가 죽던 그 날 그곳에 있다가 잠깐 손속을 겨뤄 봤습니다. 당시에 제 공격을 아무렇지 않게 받아 내는 걸 보고 뭔가 의심스러워 계속 뒷조사를 하던 중이었습니다."

우치의 이어지는 말에 휘장 안에 있던 사내가 천천히 자신의 턱을 어루만졌다.

우치의 말대로라면 분명 의심쩍었다.

환영학관의 무인이 자하도에서 나온 괴물 중 하나인 우치와 손속을 겨눈다는 것 자체가 말이 안 됐으니 말이다.

사내가 물었다.

"그래서? 뭔가 얻어 낸 단서라도 있느냐."

"정체를 알아내진 못했지만 뭔가 미심쩍은 구석이 한두 개가 아닌 놈입니다. 비밀리에 누군가와 조우하는 일도 있었고요. 조우했던 자를 잡아서 고문을 해 봤는데…… 죽을 때까지 절대 입을 열지 않더군요. 고도의 훈련을 받은 자로 보였습니다. 알 수 없는 비밀이 많은 놈입니다."

"비밀이 많은 자라…… 모종의 세력이 뒤에 있을지도 모르겠군."

만약 이번 혈갑도수대 전원을 도륙한 것이 그 비설이라는 자의 소행이 맞다면 이건 실로 골치 아픈 일이 아닐 수 없다.

대공자의 휘하에 그런 정체불명의 고수가 있다니.

비설이라는 그자. 여태까지 너무나 그 존재감이 미미하여 신경조차 쓰지 않았던 자다.

허나 이제는 아니다.

비설이라는 이름이 지금 사내의 뇌리에 각인되고 있었다.

'최소 절대십마급의 고수라는 건가.'

그 정도의 고수라면 당장에 모든 정보망을 총동원해서라도 정체를 알아내야 한다.

침묵하고 있던 사내의 입이 서서히 열렸다.

"유영인."

"네, 말씀하시지요."

"지금 당장 모든 정보력을 총동원해서 비설이라는 자의 정보를 가져와. 이 일은 그 어떠한 것보다 우선시해야 한다."

어찌 보면 과할지도 모르는 명령.

그렇지만 사내는 그렇게 생각지 않았다.

절대고수가 가지는 파괴력을 너무나 잘 알았으니까. 한 명의 절대고수는 생각지도 못한 변수를 만들어 내곤 한다.

그렇기 때문에 위험한 것이다.

하물며 그자가 절대십마급의 고수라면 더더욱.

명령을 내린 사내는 휘장 안에 있는 침상에 걸터앉은 채로 나지막한 한숨을 내쉬었다.

"후우."

보다 일이 복잡하게 돌아가기를 바랐다.

마교의 내분이 심해지면 심해질수록 자신들에겐 득이었으니 말이다. 그렇지만 그 내분이 이번 일을 계기로 정리될 확률이 높았다.

이 모든 것이 생각지도 못한 대공자의 기민한 움직임과, 계산에 없던 비설이라는 절대고수 때문에 벌어진 일이다.

깍지를 낀 채로 앉아 있던 사내의 눈동자가 어둠 속에서 차갑게 빛났다.

'비설이라…….'

궁금했다.

그자의 정체가 무엇인지.

* * *

같은 시각.

마교의 내성 깊숙한 곳에 위치한 천용전은 죄인들을 가두고 심문하는 장소였다.

지하 깊은 곳으로 이어진 감옥을 갖춘 이곳은 마교 내에서도 커다란 중죄를 지은 이들만을 가두는 장소였다.

그 천용전의 입구로 한 사내가 모습을 드러냈다.

혁련휘, 바로 그가 이곳에 나타난 것이다. 혁련휘의 등장에 입구를 지키고 있던 이들이 다급히 예를 갖췄다. 그리고 그런 그들을 지나쳐 간 혁련휘는 곧바로 지하 감옥으로 향하는 입구에 들어섰다.

지하의 입구 부분에는 낯익은 얼굴들이 보였다.

혁련휘의 명을 듣고 죄인들을 압송한 마혈적가의 적인호와, 흑랑방의 장룡이다. 둘은 혁련휘를 발견하고는 반갑게 다가왔다.

사실 내색을 못 했다 뿐이지, 오늘 혁련휘가 가짜 소교주의 정체를 모두의 앞에서 드러나게 하기 전까지 무척이나 불안해하던 두 사람이다.

혁련휘와 함께하는 이상 이번 싸움에서 가짜 소교주가 승리하게 된다면 당연히 대공자를 따르던 자신들에게 피해가 있을 수밖에 없었다.

그 사실을 알기에 그들은 내심 아무런 행동도 하지 않는 혁련휘의 의중을 궁금해했다.

그렇지만 혁련휘는 아무런 말도 하지 않고 그저 기다리라고만 했다. 그런 그의 행동에 두 사람은 답답하더라도 그저 기다리는 것밖에는 달리 할 것이 없었던 상황이다.

그리고 모든 걸 포기하고 있던 그 찰나 벌어진 사건. 그 사건은 모든 상황을 역전시켰다. 가짜 소교주에게 향했던 지지 세력들이 파도에 휩쓸린 모래성처럼 순식간에 무너져 내렸다.

가짜 소교주를 따를 이유가 없었으니 당연한 결과다.

장룡이 먼저 인사를 건넸다.

"오셨습니까, 대공자님."

다가온 두 사람을 향해 혁련휘가 물었다.

"잡아 온 놈들은?"

"명하신 대로 안에 가둬 두었습니다. 심문 준비가 끝나는 대로 그 즉시 이번 일에 대해 엄중히 캐물을 생각입니다."

이번 기회를 놓치지 않겠다는 듯 적인호가 목소리에 힘을 주어 말했고, 혁련휘는 그런 그의 말에 고개를 끄덕였다.

혁련휘가 두 사람에게 말했다.

"잠시 들어가서 보고 오지."

"그리하시지요."

적인호의 대답을 들은 혁련휘는 둘을 지나쳐 들어가 가장 안쪽에 위치한 감옥을 향해 걸음을 옮겼다. 그렇게 지나쳐 가던 감옥의 한 곳에는 어둠 속에서 웅크리고 있는 한 사내가 있었다.

소교주 행세를 하던 혈영검 가후다.

그런 그에게 아주 잠시 스치듯 시선을 줬던 혁련휘. 그렇지만 혁련휘는 가후가 갇혀 있는 감옥을 아무렇지 않게 지나쳐 갔다.

그렇게 걸음을 옮겼던 혁련휘가 멈추어 선 쇠창살로 막혀져 있는 감옥의 입구.

그리고 그 안에는 두꺼운 쇠사슬에 양팔이 묶여 있는 노인이 있었다.

항상 화려함 속에서 살았던 자. 그랬던 그가 지금은 하얀 백의만을 걸친 채로 이 어두컴컴한 감옥에 자리하고 있었다.

묵룡천가의 가주 천위극이 그렇게 볼품없는 모습으로 감옥의 한 자리를 차지하고 있었던 것이다.

입구에 서서 자신을 내려다보는 시선을 느낀 천위극이 바닥에 앉은 그 상태로 고개를 들어 올렸다.

그리고 이내 상대를 확인한 천위극의 입술이 부들부들 떨리며 열렸다.

"대공자……!"

상황이 이리되었거늘 눈에서는 여전히 독기가 뿜어져 나온다.

비록 이렇게 명에 의해 갇히긴 했지만 그는 칠대천 중 가장 강력하다 불리는 묵룡천가를 이끌던 수장이자 절대십마의 한 명이다.

쉽사리 굴복할 만한 사람이 아니라는 거다.

혁련휘가 그를 가둔 쇠창살을 강하게 움켜쥐며 나지막이 입을 열었다.

"이 지하 감옥이 그대에게 무척이나 잘 어울리는군."

혁련휘의 말에 천위극은 뿌드득 이를 갈았다.

7장. 뇌옥

— 이대로 끝나지는 않을 것이외다

감옥의 쇠창살을 가운데 둔 채로 혁련휘와 천위극은 상대방을 노려봤다.

혁련휘가 초라한 몰골의 천위극을 향해 말했다.

"항상 넓고 좋은 방에서만 생활했는데 어쩌나. 이제 이 불편한 곳에 익숙해져야 할 텐데 말이야."

혁련휘의 말에 천위극이 애써 웃는 얼굴로 받아쳤다.

"뭐 생각보다는 지낼 만한 것 같습니다."

"그래? 잘됐네. 평생 썩을지도 모를 곳인데 말이야. 안 그런가?"

혁련휘의 말에 천위극의 얼굴에서 서서히 웃음기가 사라

졌다. 그가 차가운 목소리로 말했다.

"대공자님은 참으로 운이 좋은 분입니다. 대체 인피면구를 벗긴 그것은 어찌 구한 것입니까."

천위극은 아까처럼 모르는 척 발뺌을 하지 않았다.

그곳에서 발뺌을 했던 건 수많은 이들의 눈이 있기 때문이다. 그리고 그림자로 살아온 혈영검 가후를 대공자가 알 거라 여기지도 않았다.

운이 좋으면 빠져나갈 거라 생각하며 모르는 척을 해 봤지만…… 혈영검 가후가 오래전에 산 장원을 자신의 수하들이 지키고 있던 사실이 오히려 발목을 붙잡았다.

이런 상황에서 모른다고 잡아뗀다?

그 말이 통할 리가 없지 않은가.

물론 그렇다고 해서 죄를 그냥 인정할 생각은 없었지만 무척이나 확률이 희박하다는 것 정도는 천위극 또한 잘 알고 있었다.

그런 그가 지금 이렇게 솔직히 말하는 건 눈앞에 혁련휘만이 자리했기 때문이다.

혁련휘는 모든 걸 알고 있었고, 그 사실을 자신 또한 숨기지 않아 왔다. 인제 와서 갑자기 모르는 척할 필요가 없었던 것이다.

운이 좋다는 천위극의 말에 쇠창살을 잡고 있던 혁련휘

의 손에 힘이 들어갔다.

"운? 과연 운이라 생각하느냐."

말을 하는 혁련휘의 눈동자가 사납게 변했다.

그 인피면구를 벗기려다가 혁련휘는 너무나 큰 걸 잃을 뻔했다.

그건 다름 아닌 비설이었다.

큰 부상을 입은 채로 치료를 받고 있는 그녀를 떠올리는 순간 참지 못하고 살의가 터져 나왔다.

다친 비설만 생각한다면 당장이라도 때려죽이고 싶은 살심이 동했지만 혁련휘는 애써 참았다. 자신이 그런 모습을 보이는 걸 비설이 원하지 않을 걸 너무나 잘 알았으니까.

그녀가 목숨을 걸고 가져다준 기회.

이 기회를 허투루 날릴 순 없었다.

이토록 혁련휘가 화를 참아 낼 수 있는 것 역시도 비설 덕분이다. 만약 그녀가 화를 토해 내는 혁련휘의 손을 잡아 주지 않았다면, 그랬다면 그는 지금 이곳으로 와서 무슨 일을 벌였을지 스스로도 가늠할 수 없었다.

상처가 가득했던 그녀의 손이 혁련휘의 마음을 진정시켜 줬고, 그 덕분에 지금 그는 최대한 냉정함을 유지할 수 있었다.

혁련휘가 쇠창살 가까이 얼굴을 들이민 채로 사나운 목

소리로 말했다.

"묻지. 어째서…… 내 동생을 건드린 것이냐."

"하하! 너무 뻔한 걸 물어보시는 것 아닙니까, 대공자?"

웃고 있던 천위극의 얼굴이 갑자기 혁련휘와 마찬가지로 사납게 변했다. 그가 쇠사슬에 양팔이 묶인 채로 쇠창살 쪽으로 다가왔다.

그가 양손을 뻗어 쇠창살을 소리 나게 움켜잡았다.

터엉!

천위극이 쇠창살 쪽으로 고개를 들이밀며 진지하게 입을 열었다.

"최고가…… 되고 싶었으니까."

"고작 그것이 전부더냐."

"고작? 당신 같은 선택 받은 자에겐 그게 고작인지 모르겠지만 나에게 그건 미친 듯이 노력해도 결코 가질 수 없는 꿈과도 같은 것이오."

이를 악문 채로 말하는 천위극의 눈동자는 타오르고 있었다.

절대십마라는 위명도, 칠대천 중 하나인 묵룡천가 가주의 자리에 있으면서도 그는 더욱 높은 곳을 원했다.

그랬기에 욕심을 냈고, 결국 지금 이 꼴이 되어 있었다.

믿기 어려웠다.

최정상에 가장 가까운 곳에 위치했다 여겼던 자신이, 고작 대공자라는 사내 하나의 등장으로 인해 세상 가장 밑바닥까지 추락할 거라고는.

자신의 속내를 가감 없이 드러내는 천위극을 향해 혁련휘가 마교로 돌아와서 단 한 번도 추궁하지 않았던 과거의 이야기를 꺼냈다.

“그래서였던가? 그토록 원하는 최고가 되고자 그 옛날에도 함정을 파서 나를 죽이려 했던 것이냐?”

십수 년 전 단신으로 도망치다 결국 자하도로 들어가게 됐던 그 날을 이야기하는 것이다. 그 일을 계획한 가장 핵심 인물이 천위극일 거라는 수많은 심증은 있었지만 물증이 없었기에 마교로 돌아온 이후에도 이 일을 그에게 캐묻지 않았다.

오히려 확실하지 않은 일을 들먹거리고 싶지 않았기에 꾹꾹 담아 뒀던 의문.

그런 혁련휘의 질문에 천위극이 웃음을 흘렸다.

고개를 저으며 그가 대답했다.

“크큭. 그건 제가 한 게 아닙니다, 대공자.”

“그대가 날 죽이려 했다는 건 알고 있다. 인제 와서 무슨 발뺌을…….”

“제가 언제 죽이려 하지 않았다고 했습니까. 죽이려 했습니다. 분명 죽이려 했지요. 그렇지만 제가 파 놓은 함정은…… 그게 아니었습니다.”

“무슨…… 말이지?”

생각지도 못한 천위극의 말에 혁련휘가 떨떠름한 표정으로 되물었을 때다. 천위극이 그런 혁련휘의 질문에 대답했다.

“절 너무 얕보시는 거 아닙니까, 대공자. 지금이라면 모를까 그때의 대공자는 고작 열 살 남짓 어린아이였을 뿐입니다. 그런 대공자를 죽이기 위해 제가 고심을 해서 만들어 둔 함정입니다. 만약 정말로 대공자가 제 함정에 빠졌다면 그렇게 도망치는 게 가능했을 거라 여기시는 겁니까?”

“네가 파 둔 함정이 아니었다고 말하는 거냐?”

“그럼요. 제가 파 둔 함정에 빠졌다면 대공자는 절대 살아서 빠져나가지 못했을 겁니다. 그런데 사전에 의문의 인물들이 대공자를 노렸고, 오히려 자하도로 도망친 탓에 대공자는 목숨을 부지한 것입니다.”

혁련휘는 가만히 선 채로 말을 하고 있는 천위극을 바라보고 있었다.

그들이 천위극이 보낸 자들이 아니었다고?

그리고 오히려 그자들 때문에 더 큰 함정에 빠지지 않았다는 말이 아닌가.

그들로 인해 자하도로 도망쳤던 혁련휘다.

간신히 목숨을 부지한 채로 자하도에 들어선 혁련휘는 지옥과도 같은 삶을 보냈다. 그리고 이렇게 살아서 마교로 돌아왔다.

그 모든 일의 배후에 자신의 양어머니와, 천위극이 있을 거라 여겨 왔다.

막연하게 그리 생각해 왔거늘 지금 천위극의 말을 듣게 되자 혁련휘는 마치 망치로 머리라도 맞은 것처럼 큰 충격에 휩싸였다.

그런 혁련휘를 앞에 둔 채로 천위극이 말했다.

“아직도 모르겠군요. 그런 엉성한 계획으로 대공자 당신을 죽일 기회를 날려 버리게 만든 그 작자가 누구인지. 만약 그자가 없었다면…… 지금의 당신이 내 앞에 있지는 못했을 테지요.”

말을 하던 천위극은 자신도 모르게 쇠창살을 보다 강하게 움켜쥐었다.

손등으로 도드라지게 솟아나는 힘줄.

생각해 보면 이 모든 계획이 실패한 원흉은 바로 그 날 혁련휘를 놓치면서부터 시작됐다 봐도 무방하다는 사실을 다시금 뼈저리게 느껴야만 했으니까.

예전부터 종종 고민하곤 했다.

대체 누가 자신이 쳐 놓은 함정에 빠지기 직전에 먼저 대공자를 친 것일까 하고. 그렇지만 그건 그리 중요하게 생각하지 않았다.

자하도로 향하는 물길에 뛰어드는 대공자의 존재를 확인하며 그가 죽었다고 믿어 의심치 않았으니까.

그렇지만 대공자가 살아 돌아오면서 모든 계획이 무너졌다.

천위극은 속으로 자신이 방금 내뱉었던 말을 곱씹었다.

'말도 안 되는 함정으로 대공자를 놓치게만 안 했다면 이런 일을 겪지는 않았을…….'

생각을 이어 가던 천위극의 얼굴이 갑자기 일그러졌다. 뇌리를 스치고 지나가는 말도 안 되는 하나의 생각 때문이었다.

"설마?"

놀란 천위극의 입에서 자신도 모르는 사이에 비명에 가까운 소리가 흘러나왔다.

천위극과 마찬가지로 그 함정을 꾸민 게 이들이 아니면 대체 누구인가 하고 고민하던 혁련휘가 놀란 듯 중얼거리는 천위극에게 시선을 돌렸을 때였다.

쇠창살을 쥐고 있던 천위극의 손이 부들부들 떨려 왔다.

막연하게 다른 자가 파 놓은 함정이라 생각했다.

그렇지만 그것부터가 문제였다.

만약 그것이…… 함정을 빙자한 눈속임이었다면?

함정이 아니라 오히려 혁련휘를 살리기 위한 누군가가 먼저 움직였던 것이었다면?

그 오랜 시간 단 한 번도 가지지 않았던 의문.

그렇지만 상황이 이리되고 쇠창살 사이로 완전히 뒤바뀐 운명을 보고 있노라니 그때는 생각하지 못했던 사실이 눈에 들어오기 시작한 것이다.

그리고 그 새로운 가정을 깨닫는 순간 천위극은 전신에 난 털들이 모두 곤두설 정도로 소름이 돋았다.

지금 자신이 떠올린 게 사실이라면 실로 놀라운 일이 아닌가.

놀란 얼굴로 천위극이 중얼거렸다.

"믿을 수가 없군. 정말로 내 생각이 맞다면 어찌 그 먼 과거부터 지금의 일을 대비하여 그런 일을 준비할 수 있단 말인가."

알 수 없는 중얼거림에 혁련휘가 딱딱하게 굳은 얼굴로 물었다.

"무슨 소리지? 대비해서 일을 준비하다니."

혁련휘의 질문에도 천위극은 지금 자신이 떠올린 것들과 그간 있었던 일들을 맞춰 보느라 정신이 없었다.

계속해서 중얼거리던 천위극이 이내 눈을 크게 치켜떴다.

과거부터 지금까지 있었던 일련의 사건들.

그 모든 걸 확인하는 순간 그제야 보지 못했던 새로운 진실을 알게 되었기 때문이다.

그가 놀란 듯 소리쳤다.

"그 함정! 대공자를 죽이려던 것이 아니었어. 오히려 살리기 위해 준비해 둔 함정일 줄이야. 젠장, 왜 이걸 이제야……."

분하다는 듯이 쇠창살에 머리를 박은 채로 시선을 아래로 향한 천위극이 침묵했다.

그리고 그가 내뱉은 말을 곱씹고 있던 혁련휘의 표정도 점점 변해 가고 있었다.

여태 원망해 왔던 그 사건이, 사실은 자신을 죽이기 위해서가 아니라 살리기 위해 벌어진 일이었다고?

대체 누가…….

혁련휘의 표정이 심각해져 가는 그때 고개를 떨어트리고 있던 천위극이 위쪽으로 고개를 팍 치켜들더니 웃음을 터트렸다.

이미 천위극은 이 계획의 뒤에 숨어 있는 존재를 알아차렸으니까.

그가 웃음과 함께 혼잣말을 중얼거리기 시작했다.

"하하하하! 당신이란 사람을 도저히 못 이기겠구려. 대체 어찌 이 먼 미래의 일을 예상하고 그 같은 계획을 세웠는지 내 감탄할 뿐이오."

신이 나게 웃어 대던 천위극의 얼굴이 서서히 진지하게 변해 가기 시작했다.

이 말도 안 되는 상황을 십수 년 전에 예측하고 준비한 자. 함정에 빠져 도망치던 대공자를 자하도로 들어가게 하고, 그로 인해 그가 죽었을 거라 여기게 만든 사람.

그렇게 혁련휘를 가짜 함정을 내세워 죽은 것처럼 보이게 만든 건…….

이 모든 걸 가능하게 만들 수 있는 이는 세상에 단 한 명뿐이다.

눈가가 부르르 떨려 왔다.

입가에 지어진 미소, 그렇지만 눈동자는 웃고 있지 않다. 짙은 패배감이 밀려든다.

천위극이 입을 열었다.

"교주…… 당신에게 내가 또 당했구려."

그랬다.

이 모든 걸 짜 놓은 당사자는 교주 혁무조. 바로 그밖에 없었다.

함정을 빙자한 작전으로 혁련휘를 자하도로 내몰았다. 물론 그 와중에 혁련휘는 힘든 삶을 살게 되었지만 목숨은 건질 수 있었고, 또한 강해져서 이렇게 돌아올 수 있었다.

과연 어디까지가 혁무조의 계획 내에 포함된 것인지 당사자인 그를 제외하곤 아무도 알 순 없었지만…… 지금 알아챈 이것만으로도 실로 놀라울 뿐이다.

이 모든 걸 예견하고 자하도를 통해 혁련휘를 지켜 왔다는 놀라운 반전에 천위극은 뒤통수를 한 방 맞은 듯한 충격에 휩싸였다. 그리고 그건 혁련휘도 마찬가지였다.

'그자가…… 날 버린 게 아니었다고?'

오랜 시간 혁무조에 대한 원망을 안고 살아왔다.

자식을 버린 아버지, 그랬기에 혈육의 정을 버린 지 오래였다.

증오의 대상이었던 그가 사실은 오랫동안 자신을 지켜 왔을지도 모른다는 걸 깨닫자 혁련휘는 놀라 아무런 말도 할 수가 없었다.

놀란 듯 서 있는 두 사람 사이에 침묵이 맴돌고 있는 그때였다.

쇠창살을 쥔 천위극이 입술을 깨물었다.

'교주, 당신의 안배는 실로 놀라웠소이다. 날 이리도 오랫동안 감쪽같이 속일 줄이야. 십수 년 전에 준비한 그 계

책으로 인해 우리 칠대천 모두가 결국 당신과, 대공자 앞에 다시금 무릎을 꿇었구려.'

허나……

차가운 쇠창살에 움켜잡은 그는 확신했다.

'방심하지 마시오, 교주. 아직은…… 끝이 아니니까.'

*　　*　　*

혁련휘는 큰 충격에 휩싸인 채로 자신의 거처를 향해 걸음을 옮기고 있었다. 겉보기엔 멀쩡해 보였지만 그의 머리는 복잡했다.

십수 년 전 자하도로 도망치게 만들었던 그 암습이 오히려 교주가 자신을 지켜 주기 위해 벌인 일일지도 모른다는 사실을 알게 된 탓이다.

'대체 그자가 왜.'

이해가 가지 않았다.

하지만 애초부터 혁무조는 그런 사내였다. 쉬이 이해할 수 없는 행동들을 일삼던 자. 그렇지만 결국 그 일은 미래를 위한 복안이 되곤 했었다.

고민을 해결할 수 있는 가장 확실한 방법을 혁련휘는 알고 있었다.

혁무조, 그를 직접 찾아가서 묻는 것이다.

그렇지만 혁련휘는 차마 그러지 못했다.

다친 비설이 걱정돼서이기도 했지만, 오랜 시간 증오해 왔던 그에게 가서 이 사실에 대해 묻기엔 선뜻 용기가 나지 않았다.

고민에 휩싸인 채로 빠르게 자신의 거처로 발걸음을 옮기던 혁련휘가 이내 목적지에 도착했다.

문을 열고 안으로 들어가자 방 입구에서 어쩔 줄 몰라 하며 왔다 갔다를 반복하는 달치와 부의민이 있었다.

비설을 재우고 자리를 떠날 때 혁련휘는 방 안에 사람들이 들어오지 못하게 하라고 명령을 내렸다.

그랬기에 그 방에 들어갈 수 있는 건 혁련휘와 치료를 위해 드나드는 의원 이렇게 단둘뿐이었다. 예외로 혁련휘가 자리를 비울 때만은 환야가 그의 자리를 대신해 안을 지켰다.

그 탓에 뒤늦게 돌아온 달치와 부의민은 그녀가 다쳤다는 사실만 들었을 뿐이지 얼굴조차 보지 못한 상태였다.

혁련휘가 오자 부의민이 황급히 다가왔다.

"비설 많이 다쳤다던데 상태가 어때?"

부의민의 목소리에는 걱정이 가득했다. 비설을 보겠다며 아무렇지 않게 돌아왔지만 그녀의 얼굴조차 볼 수 없는 상황이었다.

혁련휘가 별다른 대답이 없자 부의민이 급히 말을 이었다.

"얼굴을 보러 들락거려도 안 될 정도로 심각한 상태인 거야?"

"한동안은."

혁련휘가 짧게 대답했다.

안정을 취해야 했기에 사람들의 출입을 막은 것이기도 했지만, 그녀가 여인인 탓이기도 했다.

비설의 모습을 다른 이들에게 보이고 싶지는 않았으니까.

말을 마친 혁련휘는 성큼 자신의 방 쪽으로 걸음을 옮겼고, 이내 그가 돌아온 걸 안 환야가 문을 열며 바깥으로 걸어 나왔다.

환야가 입을 열었다.

"오셨습니까?"

"의원은."

"아까 돌아갔습니다. 내일 아침 일찍 온다고 하더군요."

"비설 상태는?"

"크게 변한 건 없는데 고열 때문인지 자꾸 식은땀을 흘립니다."

"……알겠어. 그럼 들어가서들 쉬어. 지금부터 비설은 내가 볼 테니까."

"오늘 고생하셨는데 대장이 쉬시지요. 전 아직 쌩쌩하니 오늘 밤엔 제가 비설의 옆을……."

"괜찮아. 내가 지키지."

환야의 말을 자른 혁련휘는 곧바로 그를 지나쳐 가더니 방문을 열고 안으로 걸어 들어갔다.

방 안은 어두웠다.

그 어두운 방에서 혁련휘의 시선은 침상에 누워 있는 비설에게로 향했다.

머리를 풀어 헤친 채로 혼절해 있는 그녀의 옆으로 다가온 혁련휘가 바로 옆으로 의자 하나를 끌어서 가져다 놨다.

의자에 앉은 채로 혁련휘는 말없이 비설의 얼굴을 응시했다.

환야의 말대로 고열에 시달리는 그녀의 얼굴에는 연신 식은땀이 흘러내리고 있었다. 그런 모습을 보고 있자니 혁련휘는 다시금 마음 한편이 쓰려 왔다.

혁련휘가 손을 뻗어 탁자 위에 놓여 있는 깨끗한 천을 들어 올렸다. 그러고는 그 천으로 조심스럽게 비설의 얼굴에 송골송골 맺힌 땀방울을 닦아 주기 시작했다.

비설의 얼굴에 흐르는 땀을 모두 닦아 준 혁련휘가 천을 손에 쥔 채로 그녀를 바라봤다.

찡그려진 미간이 지금 그녀가 혼절해 있는 와중에서도 고통과 싸우고 있음을 말해 주고 있었다. 의원에게 들은 바로는 목숨을 위협할 만한 큰 부상도 몇 개 입었다고 했다.

그런 몸을 이끌고 이곳까지 돌아오다니…….

이불을 덮고 있었지만 슬쩍 드러나 있는 어깨 부위에도 보이는 자그마한 부상들. 부상을 보는 것만으로도 혁련휘는 이게 한 명에게 당한 상처가 아니라는 걸 알았다.

대화를 나누진 않았지만 부상만으로도 그녀가 수도 없이 많은 이들과 싸우며 이번 임무를 완수했다는 사실을 알 수 있었다.

혁련휘의 눈에 비설의 손이 들어왔다.

자그마한 여인의 손, 희고 고운 저 손으로 어찌 이런 모든 걸 해내는 걸까.

기특하고 고마우면서도 한편으로 마음을 아프게 하는 사람.

혁련휘가 그렇게 자리에 앉은 채로 창백한 얼굴의 비설을 하염없이 바라보고 있을 때였다.

문 바깥에 모여 있는 세 명이 걱정스러운 시선으로 혁련휘와 비설이 있는 방을 바라보고 있었다. 부의민이 환야에게 물었다.

"상태가 그렇게 안 좋은 거야?"

"의원 말로는 몇 번은 죽었어도 이상할 게 없는 부상이라네. 다행히 몸 내부에서 내상을 치료해 주는 기이한 영약의 기운들이 있어서 그나마 이 정도였지, 아니었다면 화타가 왔어도 못 살렸을 거라더군."

"대체 누가……."

"모르지. 그래서 지금부터 알아보려고."

대답을 하는 환야의 눈동자가 빛났다.

비설의 실력을 잘 알기에 그녀가 이토록 큰 부상을 입고 돌아왔다는 사실 자체가 의아할 뿐이다. 그녀에게 이 정도로 부상을 입힐 만한 이들이 귀주성 천주엔 없었으니까.

그렇다면 자신이 파악하지 못한 세력이 있었다는 건데…… 유영인과 우치와 관련된 통칭 그들이라는 존재일지도 모른다.

환야는 이미 발 빠르게 비파월을 통해 하나의 부탁을 해뒀다.

그건 다름 아닌 장원에 남아 있을 시신의 수습이다.

단 한 명이라도 좋으니 그들 중 얼굴을 알아낼 수 있는 자가 있다면…… 이번 기회를 빌려 그들과 관련된 자들 또한 알아낼 수 있을지 모른다.

아직 꼬리조차 제대로 잡지 못한 상태. 그런 상황에 그들과 연관된 자들을 확인한다면 분명 추후의 일에 큰 도움이 될 게 자명하다.

대화를 나누는 두 사람의 옆에 서 있던 달치가 걱정이 됐는지 발을 동동 굴렀다.

"비설 아프다. 달치 친구 비설 다쳤다."

"정신 사나워 쿵쿵거리지 좀 마 인마."

환야는 가뜩이나 큰 덩치의 달치가 쿵쿵거리자 불만스레 투덜거렸다.

핀잔을 주는 환야의 말에도 달치는 여전히 울상을 짓고 있었다.

달치가 입술을 내민 채로 말을 이었다.

"비설 만두 좋아한다. 그런데 비설 만두도 안 먹는다. 만약에 비설 못 일어나면 달치가 복수한다. 달치 비설 친구다."

말을 마친 달치가 허리춤에 달린 자신의 도끼의 손잡이를 움켜쥐었다. 그런 그의 등짝을 환야가 자신의 손바닥으로 세게 후려쳤다.

"죽긴 누가 죽어. 그래도 원체 건강한 녀석이니 금방 회복할 거다. 네가 이렇게 시끄럽게 굴면 저 녀석이 잘 수나 있겠냐? 그러다가 대장 화나게 하지 말고 얌전히 좀 있어."

평소였다면 등짝을 쳤다며 버럭 화를 냈을 달치였지만

혁련휘를 화나게 할지도 모른다는 말에 그는 금세 온순한 양이라도 된 것처럼 잠잠해졌다.

순식간에 얌전해진 달치의 모습을 보며 환야는 안도의 한숨을 내쉬었다.

'이제야 좀 조용해졌네.'

허나 그런 생각을 하기 무섭게 장원의 입구가 열리며 누군가가 모습을 드러냈다. 커다란 죽립을 쓰고 모습을 드러낸 그자는 무척이나 훤칠한 키를 지닌 인물이었다.

죽립 때문에 얼굴이 보이진 않았지만 한눈에 봐도 범상치 않은 분위기를 풀풀 풍기고 있었다.

문을 열고 들어온 그자는 곧바로 몸을 돌려 문고리를 잡고는 바깥으로 밀었다.

탕.

문이 닫히면서 자그마한 소리가 울렸고, 연락도 없이 찾아온 갑작스러운 방문객의 등장에 환야가 막 나서며 입을 열었다.

"누구신지 모르겠지만 지금은……."

막아서려는 환야의 손목을 다급하게 잡아챈 건 다름 아닌 부의민이었다.

환야는 갑작스러운 부의민의 행동에 고개를 돌리며 짜증스러운 목소리로 말했다.

"뭐하는 거야?"

"……누군지 알 것 같아서."

부의민이 죽립을 쓴 상대에게 시선을 주며 중얼거렸다.

이렇게 모습을 드러냈던 한 명이 그의 머릿속에 남아 있던 탓이다.

부의민은 예전에 장원에서 이처럼 갑작스럽게 모습을 드러낸 한 명의 죽립인을 막아섰던 적이 있다. 그리고 그 결과 그는 눈 깜짝할 사이에 바닥을 구르고 있었다.

당시 그 일을 벌였던 당사자는 바로…….

"여, 우리 구면이지?"

슬쩍 죽립을 올린 채 하얀 이빨을 내보이며 웃어 보이는 사내.

그 사내의 정체는 부의민이 예상했던 바로 그였다.

교주 혁무조가 다시금 이곳에 모습을 드러낸 것이다.

부의민만이 황급히 예를 취했다.

"교주님을 뵙습니다."

황급히 부복하는 부의민과는 달리 환야와 달치는 멀뚱멀뚱 눈을 뜬 채로 지금 이곳에 모습을 드러낸 교주 혁무조를 바라보고 있었다.

둘은 마교에 충성하는 무인이 아닌, 혁련휘를 따르는 존재들인 탓이다.

환야가 물었다.

"이곳엔 어쩐 일이신지요?"

"자네는…… 아까 그 친구로군. 그 호리병을 가지고 온 자. 맞지?"

춘절 행사가 벌어졌던 마인전에 다급하게 뛰어왔던 환야를 기억해 낸 혁무조가 웃는 얼굴로 물었다.

혁무조의 물음에 환야가 고개를 끄덕였다.

환야의 어깨를 탁탁 두드리며 혁무조가 말을 이었다.

"덕분에 재미있는 구경 했네. 앞으로도 종종 기대하지."

가짜 혁리원의 얼굴을 만천하에 드러나게 했던 그 일이 떠올랐는지 혁무조는 웃고 있었다. 그러던 그가 잠시 있다가 코를 킁킁거리며 말을 이었다.

"그나저나 약 냄새가 나는데. 환자라도 있는 모양이군."

"……대공자님에게 우선 오셨다고 전하겠습니다."

"그러게나."

고개를 끄덕거린 혁무조를 뒤로한 채로 환야가 혁련휘와 비설이 있는 방으로 조심스레 다가갔다. 그리고 그 짧은 사이 혁무조의 눈이 이곳에 있는 모두를 훑었다.

'비설이라는 여인이 안 보이는군.'

독한 약 냄새가 코끝을 진동한다.

지금 보이지 않는 건 혁련휘와 비설 이렇게 단둘뿐.

그런데 아까 보았던 혁련휘가 너무나 멀쩡했던 걸 생각하면…… 이 약 냄새의 주인은 다름 아닌 비설일 거라는 계산이 나왔다.

'그렇다면 만보신면의 인피면구를 벗긴 호리병을 구해 온 게 그 여인이라는 소리인데.'

혁무조의 생각은 길게 이어지지 않았다.

환야가 들어간 지 얼마 되지 않아 모습을 드러낸 혁련휘 때문이었다.

그가 방에서 천천히 걸어 나왔다.

방에서 걸어 나온 혁련휘는 아래에 있는 혁무조를 잠시 내려다봤다.

방금 전 천위극과의 대화에서 과거의 일에 대한 새로운 사실을 안 지금 그와 마주하자 이상하게 마음이 복잡해졌다.

그런 혁련휘를 향해 혁무조가 인사를 건넸다.

"자주 보네, 아들."

"……이 밤에 어쩐 일이오."

"할 이야기가 있어서. 나도 움직이는 게 그리 쉽지만은 않은데 이번에 일이 확 진행되는 바람에 더는 미적거리면 안 되겠더라고."

"그게 무슨……."

"쓸데없는 말은 됐고."

혁무조가 말을 잘랐다. 그가 턱에 걸어 두었던 끈을 풀며 죽립을 서서히 벗었다. 때마침 밀려든 바람이 그의 머리카락을 슬쩍 흔들었다.

혁무조가 웃는 얼굴로 물었다.

"내가 했던 질문에 대한 대답…… 그 대답을 들으러 왔단다."

대답을 들으러 왔다는 말에 혁련휘가 슬쩍 표정을 구겼다.

지금 그가 하는 말이 무엇인지 모를 리가 없다. 십수 년 만에 마주했던 그 첫 만남 때 혁무조는 말했었다.

자신이 원하는 대답을 하라고. 그 대답을 하지 않는 한 그 무엇도 가르쳐 주지 않겠다고.

그랬기에 혁련휘는 계속해서 고민했었다.

그렇지만 그는 도저히 혁무조가 말하는 말뜻을 찾지 못했다. 대체 자신에게 무슨 말을 듣기를 바라는 걸까?

십수 년 전에 매몰차게 버리며 죽었을 거라 여겼던 자식에게 뭔가를 원한다는 것 자체가 모순이라 느껴졌다.

고민을 거듭했음에도 찾지 못했기에 반쯤 포기했던 혁무조의 질문.

그렇지만 천위극과의 대화를 통해 새로운 사실을 알게

된 지금…… 어쩌면 지금은 그 대답을 찾을 수 있을지도 모르겠다.

변해 가는 혁련휘의 표정에서 그런 미묘한 변화를 느낄 수 있었는지 혁무조가 가볍게 손짓했다.

"오랜만에 단둘이 산책 좀 할까?"

8장. 그의 의지

— 오거라

혁련휘와 혁무조.

두 사람이 나란히 걸었다.

어두운 밤 조용한 산책로를 걸으며 혁련휘는 문득 예전의 기억을 떠올렸다. 자신이 자하도에 들어가기도 전의 일들.

혁무조는 자신과 함께 이렇게 길을 걷곤 했다.

그때의 조그맣던 혁련휘는 항상 혁무조의 등을 보고 걸었다. 그의 커다랗고 듬직했던 등은 세상 모든 것을 짊어져도 부족함이 없을 정도로 든든했었다.

그리고 언제나 아래에서 올려다봤던 혁무조란 사내는 태

산과도 같이 거대한 느낌을 풍기는 자였다.

그러던 혁무조였거늘…….

언제부터일까?

태산과도 같던 혁무조를 자신이 내려다보게 될 정도로 커 버린 것은.

세월이란 그런 것이다.

조그맣던 아이가 어른이 되어, 그토록 커다란 존재로 느껴졌던 자신의 아버지를 넘어서게 되는.

그렇게 걷던 두 사람이 멈추어 선 건 자그마한 공터를 앞에 둔 커다란 나무의 옆이었다. 나무 옆에 있는 평퍼짐한 바위에 걸터앉은 혁무조가 가볍게 숨을 내쉬었다.

"휴우, 밤공기가 차군그래."

"그러게 갑자기 찾아와서 무슨 산책이오. 몸도 그리 좋지 않은 사람이."

"왜? 걱정이라도 되느냐."

픽 웃으며 물어 오는 혁무조의 질문에 혁련휘는 대답 없이 미간을 찌푸릴 뿐이었다.

그런 혁련휘를 웃는 얼굴로 바라보던 혁무조가 이내 입을 열었다.

"약 냄새가 심하던데. 그 비설이라는 친구는 좀 괜찮은 게냐?"

"……좋은 상태는 아니오."

"그래?"

웃고 있던 혁무조의 표정이 살짝 굳어졌다.

짧은 만남이었지만 비설과 만났었고, 그녀와 대화도 나눠 봤다.

그 대화를 통해 혁무조는 그녀가 혁련휘를 어찌 생각하는지 알아차릴 수 있었다.

혁련휘를 형님이라 부르는 존재. 그걸 그냥 두고 본다는 것 자체가 혁련휘가 이미 비설이라는 여인을 자신의 사람으로 여긴다는 걸 뜻했다.

거기다가 비설이 혁련휘를 지키기 위해 했던 그 반응들까지.

혁무조가 나지막이 중얼거렸다.

"괜찮은 녀석 같던데."

"착한…… 아이요."

대답을 하는 혁련휘의 목소리가 가볍게 떨려 왔다.

그런 그를 바라보며 혁무조가 물었다.

"걱정이 되는 모양이군."

"나 때문에 다쳤는데 당연한 것 아니오?"

"정말 그게 다야? 너 때문에 다친 게 아니라면 신경이 안 쓰였을 것 같다는 말로 들리는데."

"……."

혁무조의 말에 혁련휘는 아무런 대답도 할 수 없었다.

아니라는 걸 잘 알았으니까.

설령 자신의 일 때문이 아니라 그 어떠한 상황이었다고 해도 비설 그녀가 다치고 돌아왔다면 혁련휘는 지금처럼 터져 나오는 감정을 주체하기 어려웠을 것이다.

아무런 대답도 하지 못하는 혁련휘의 모습, 그걸 보고 있자니 굳이 듣지 않아도 그의 마음을 알 수밖에 없었다.

나무에 기대어 앉아 있던 혁무조가 고개를 끄덕이며 말했다.

"표정을 보아하니 그 아이 너에게 무척이나 소중한 사람이로구나."

혁무조의 그 한마디에 혁련휘가 천천히 대답했다.

"……독한 말로 밀어내도, 마음을 아프게 해도 언제나 내 옆을 지켜 주는 그런 사람이니까."

무덤덤하지만 확실하게 자신의 감정을 드러내는 혁련휘의 모습에 혁무조의 눈가엔 이채가 어렸다.

이렇게 쉽게 누군가에게 마음을 주는 사내가 아님을 너무나 잘 아는 혁무조다. 그런 혁련휘의 입에서 나왔다고는 믿어지지 않는 솔직한 말에 혁무조가 나지막이 말했다.

"그런 사람이라면 절대 놓치지 말거라."

"……?"

"오래 살아 보니 알겠더구나. 언제나 옆을 지켜 주는 그런 사람을 만나는 건 인생에서 가장 큰 행운이라는 걸 말이야."

말을 내뱉는 혁무조의 말투에는 많은 감정이 담겨 있었다. 수십 년이 넘는 시간 마교의 지존으로 있으며 겪었던 많은 일들에 대한 기억들이 그를 뒤덮었으니까.

그러던 혁무조가 픽 웃으며 말을 이었다.

"다음에 그 녀석을 만나게 되면 고맙다고 해야 하나."

"당신이 왜……."

"네 옆을 지켜 주지 않았더냐. 나도 못 해 준 그 일을 그 아이가 대신해 줬으니까."

슬픈 미소를 머금은 채로 자신을 올려다보는 혁무조의 눈빛에 혁련휘는 괜히 시선을 피했다.

분명 얼마 전까지만 해도 미움을 넘어 무관심으로 그를 대면했던 혁련휘다. 그렇지만 천위극과의 만남으로 인해 자신을 버렸다 여겼던 자하도의 사건에 대해 다른 사실을 알게 됐다.

버린 게 아니라 지켜 준 걸지도 모른다.

그런 사실을 알게 되니 마음이 복잡할 수밖에 없었다.

물론 그게 사실이라 한들 변하는 건 없다. 이유야 어찌 됐든 자신을 자하도로 들어가게 만든 건 혁무조였으니까.

혁련휘는 묻고 싶었다.

'왜 당신은 아무런 말을 하지 않소.'

마교로 돌아온 이후 첫 만남에서부터 줄곧 혁련휘는 혁무조에게 적대적인 감정을 내비쳤다. 그런데도 불구하고 혁무조는 이 같은 사실에 대해 전혀 일언반구 말을 꺼내지 않았다.

차라리 변명이라도 했다면, 그럴싸한 거짓말로 자신을 속이려고 했었다면 이토록 머리가 복잡하지는 않았을 것이다.

자신의 적대적인 태도에도 그저 뜻 모를 웃음만으로 마주했던 혁무조.

천위극이 생각한 대로 자하도로 들어가게 했던 건 함정이 아닌 혁무조가 준비해 둔 안배였던 것일까, 아니면 상황이 잘 맞아떨어진 탓에 하게 된 착각인지 갈피를 잡지 못하겠다.

긴 침묵 끝에 혁련휘가 입을 열었다.

"아무 이유도 없이 산책을 하자고 한 건 아닐 것 아니오. 내게 할 말이 무엇이오."

"뭔지 몰라서 묻는 게냐? 분명 말했잖느냐. 예전에 말했던 질문에 대한 대답을 듣고 싶어서 왔다고. 보아하니 어느 정도 알아차린 것 같던데 말이야."

능글맞아 보이는 미소를 머금은 채로 물어 오는 혁무조. 그렇지만 그의 시선마저도 장난기가 있는 건 아니었다.

그의 시선이 강렬하게 혁련휘에게 틀어 와 박혔다.

혁무조의 말대로였다.

자신을 버린 게 아닐지도 모른다는 사실을 알게 된 것과 동시에 혁무조의 그 모든 행동들이 하나의 사실로 귀결된다는 가정을 하게 되었으니까.

그리고 반대로 이 가정이 맞다면…… 혁무조는 단순히 자신을 버린 게 아니라는 걸 증명하는 것이기도 했다.

혁무조의 시선은 혁련휘에게서 떠나지 않았다.

그의 눈빛은 계속해서 말하고 있었다.

스스로가 말하라고.

그런 혁무조의 시선과 마주한 채로 혁련휘가 천천히 입을 열었다.

"내가…… 교주의 자리에 욕심을 내길 바라는 거요?"

대답을 듣는 순간 혁무조가 픽 웃었다.

그가 가만히 고개를 끄덕였다. 바로 저것이 처음 만났을 때부터 그토록 혁련휘에게서 듣고자 했던 말이었다.

혁무조가 말했다.

"맞아."

"대체 그게 무슨 의미가 있다고……."

마교로 돌아온 이후 첫 만남 때 혁련휘는 말했었다.

자신은 동생의 복수를 하기 위해 왔다고.

뭐 그건 그렇다 치자. 다만 문제는 혁련휘가 이루고자 하는 건 혁리원의 복수가 전부라는 것이다. 그는 혁리원의 복수만 끝난다면 언제든 이곳을 떠나겠다는 식으로 굴었다.

허나 그래선 안 됐다.

혁무조가 말을 이었다.

"네가 욕심을 내길 원했다. 천하의 주인이라 부를 수 있는 이 교주의 자리를 가지기 위해 스스로 뜻을 가지길 그저 기다렸다."

"……어째서요?"

이해가 안 간다는 듯 혁련휘가 되묻자 혁무조가 흥분된 목소리를 애써 억누르며 말을 받았다.

"이 마교를 하나로 뭉치게 만들지 않고서는 그들을 이길 수 없으니까."

혁련휘가 싸우고자 하는 그들이라는 존재는 그저 몇몇의 뛰어난 무인들로 처리할 수 있는 자들이 아니었다. 그들이라는 존재가 지닌 힘은 생각보다 무척이나 컸고 그 숫자마저 헤아리기 힘들 정도로 많았으니까.

단순히 혁련휘 대 그들의 싸움으론 승산이 없다.

마교의 주인으로서 모든 걸 쥐는 그때야말로 혁련휘는 그들과 대적할 힘이 생길 수 있었다.

처음부터 이런 것에 대해 직접 말해 줄 수도 있었다. 허나 혁무조는 그러지 않았다. 스스로 이에 대해 생각하고 대답하기를 바란 것이다.

교주의 자리라는 건 그저 물려주는 것이 아닌 준비된 자만이 오를 수 있는 책임감이 따르는 위치라 여겼기에.

혁무조가 말했다.

"이 마교 지존의 자리가 어떤 것이라 여기느냐? 그저 가장 강한 이가 오를 수 있는 것으로만 보이더냐. 뭐 틀린 말은 아니지. 강한 자가 오를 수 있는 건 사실이니까. 허나 그보다 더욱 중요한 건, 이 자리가 짊어져야 할 책임감이다."

말을 내뱉던 혁무조가 길게 숨을 내쉬었다.

호흡을 고른 그가 다시금 말했다.

"수만 명이 넘는 마교의 무인들과, 또 그 무인들과 관련되어 살아가는 수십만 명의 사람들까지. 그 모두의 목숨을 짊어진다는 것의 의미를 아느냐. 그런데 너는 어땠느냐. 네 태도가 어땠느냔 말이다. 무작정 싸워 보겠다 달려들더구나. 무인으로서는 상관없다. 싸워 보고 약하면 질 것이고, 그로 인해 죽는다 해도 무인답게 싸우다 그리된 것이니 후회는 없다 눈 감을 수 있을지도 모르지. 허나!"

버럭 소리를 내지르는 혁무조의 주변으로 한 시대를 주름잡았던 절대고수의 기운이 풍겨져 나왔다.

그의 눈동자는 살아서 꿈틀거렸고, 당장이라도 터져 나올 것만 같은 뜨거운 기운이 넘실거렸다.

뿜어져 나오는 혁무조의 기세에 혁련휘가 침묵하고 있는 그때 그의 말이 이어졌다.

"수십만 명의 목숨을 짊어진 자는 그리해선 아니 된다. 어깨에 짊어지고 있는 수십만 명에 달하는 그들의 삶을 위해서는 절대 경거망동해서도, 쉽사리 흔들려서도 아니 되는 법이다."

"……."

"그 수십만 명의 목숨을 어깨에 짊어져라. 그리고 그들을 위해 싸우거라. 수십만 명의 목숨을 짊어진 이상…… 패해서는 아니 된다. 그것이 바로 마교의 교주라는 자리다."

말을 마친 혁무조가 나무에 기대고 있던 몸을 서서히 일으켜 세웠다. 그가 계속해서 서 있던 혁련휘의 정면에 서서 눈을 맞췄다.

"그러니 가져가 보거라. 네 눈앞에 있는 나라는 사내가 지니고 있는 이 지존의 자리를."

해야 할 말은 모두 끝냈다 생각했는지 혁무조가 죽립을 다시금 고쳐 썼다.

얼굴을 죽립으로 가린 그가 혁련휘의 옆을 스쳐 지나가며 짧게 말을 내뱉었다.

"내 자리에 앉을 흔들림 없는 각오가 생긴다면…… 오거라."

그 말과 함께 혁무조의 몸이 가만히 서 있는 혁련휘에게서 점점 멀어지고 있었다.

그리고 혼자 남게 된 혁련휘는 그 자리에 선 채로 말없이 생각에 잠겼다.

교주의 자리라니?

솔직히 말해 혁련휘는 그 자리에 욕심을 가지지 않았다. 자하도에서 나온 이후에도 모습을 감추고 살았던 건 분명 그러한 이유에서이기도 했다.

굳이 가지고 싶다는 마음도, 그래야 할 이유도 없었다.

소교주였던 혁리원이 자연스레 그 자리를 잇기를 바랐다. 그리고 자신은 죽은 사람으로 그렇게 이 무림을 살아가고 싶었다.

허나 얄궂게도 운명이라는 것이 많은 걸 바꾸어 버렸다. 죽어 버린 혁리원, 남아 있는 혁무조의 유일한 핏줄인 자신.

'내가 교주가 되기를 바란다고?'

혁무조의 의사는 분명했다.

그렇지만 혁련휘는 선뜻 결정을 내리지 못했다. 직접 겪어 본 혁무조의 말이 사실이라면 그들이라는 존재는 자신이 생각한 것보다 훨씬 더 강대한 듯했다.

마교의 힘을 규합하지 않고서는 상대하기 어려울 정도로 말이다.

그렇지만 마교의 교주라는 자리를 쉬이 결정할 수는 없는 노릇이다. 혁무조의 말대로 수십만 명의 삶을 앞에서 이끌고 지켜 주는 자. 그것이 바로 마교의 교주였으니까.

동생 하나 지켜 내지 못했던 자신이거늘 그 많은 이들의 목숨을 책임져야 한다니…….

혁무조가 내뱉은 수십만 명의 목숨이라는 말이 이상할 정도로 혁련휘를 짓눌러 왔다. 그 말이 가지는 무게가 보통이 아니었기 때문이다.

혁련휘의 시선이 자연스레 죽립을 쓴 채 멀어져 가는 혁무조에게로 향했다.

예전에 비해 다소 수척해진 얼굴과 몸.

그럼에도 불구하고 전혀 변하지 않은 그 압도적인 기세. 몸이 좋지 않다면서도 어찌 그토록 강함을 유지하는지 내심 궁금했었다.

허나 이제는 알 것도 같다.

수십만 명의 인생을 짊어진 자.

그런 많은 이들을 지켜야 하는 그였기에 버텨 내고 있었던 게 분명하다.

그의 뒷모습을 바라본 채로 혁련휘가 속으로 중얼거렸다.

'이거 하나는 인정할 수밖에 없겠군.'

혁무조, 그가 정말로 대단한 사내라는 것을.

그렇게 두 사람이 조우했던 그 무렵, 그리 멀지 않은 곳에서 또 다른 일이 벌어지고 있었다.

*　　*　　*

늦은 밤, 일련의 무리가 천위극과 가짜 소교주 행세를 했던 혈영검 가후가 갇혀 있는 천용전으로 향하고 있었다.

그들은 하나같이 검은 무복에, 복면을 한 채로 기민하게 움직였다.

휙휙!

여덟 명으로 구성된 그들은 특별한 훈련을 받은 이들처럼 은밀했다.

재빠르게 천용전으로 향한 그들은 이내 멀지 않은 곳에서 멈추어 서서 그곳을 확인했다.

가장 선두에 서 있던 자가 이내 수하들을 향해 전음을 날렸다.

『빠르게 처리해야 한다. 장룡과 적인호가 돌아오면 계획은 수포로 돌아갈 테니까.』

천용전은 입구부터 제법 많은 숫자의 무인들이 지키고 있었다.

그렇지만 지금 이곳에 모습을 드러낸 괴한들에게 그 정도의 상대는 결코 어렵지 않았다.

문제가 될 것은 절대십마의 한 명인 장룡과, 제법 뛰어난 무력을 소유한 적인호가 돌아오는 것이다.

원래라면 교대로 이곳을 지켜야 할 둘이었지만 지금 이곳엔 장룡도, 적인호도 없었다. 그리고 그 둘이 지휘하는 흑랑방과 마혈적가의 무인들 또한 공석인 상황.

그 이유는 혁무조의 명을 따르기 위해서다.

혁무조는 모두의 앞에서 칠대천 휘하에 있는 무력 단체들을 임시나마 해산시켰고, 장룡과 적인호는 그 일을 매듭짓기 위해 잠시 자리를 비운 상황이었다.

그런데 어찌 알았는지 이들이 그 틈을 정확하게 파고든 것이다.

엄청난 정보력이 있었기에 가능한 일.

여덟 명의 복면인들은 두 사람이 없는 것을 확인하고는 곧바로 움직였다.

스읍.

시야에서 사라졌던 그들은 곧바로 천용전의 입구를 지키고 있는 이들의 뒤에서 모습을 드러냈다. 그리고 동시에 한 손으론 입을 틀어막고, 다른 한 손으론 목을 그어 버렸다.

푸슉.

입구를 지키고 있는 무인 다섯 명을 동시에 죽인 그들은 곧바로 시체를 끌고 안으로 들어갔다.

이미 내부 어느 곳에 무인들이 있는지 정확하게 알고 있는 탓인지 그들의 움직임은 거칠 것이 없었다.

천용전 내부로 들어서고 몇 명의 무인들의 목숨을 더 거둔 직후였다.

"누구……!"

멀리서 다가오던 무인 하나가 그들의 존재를 발견하고 막 입을 열어 소리를 지르는 그 찰나. 복면인의 수장인 사내의 손에서 빛살같이 하나의 비수가 날아들었다.

쒜엑! 퍽!

고함 소리는 채 끝까지 이어지지 못한 채, 소리를 지르던 무인은 그대로 곤두박질치듯 쓰러져 버렸다.

복면인의 수장이 곧바로 손가락을 까닥였다.

수하들은 명을 따라 지하로 향하는 문을 열고, 그 갱도 안으로 뛰어들었다.

수하들이 지하로 들어가고, 홀로 남은 복면인의 수장은 죽어 있는 시신들을 잘 보이지 않는 곳으로 옮겼다.

뒤처리를 끝내고 들어선 갱도는 지하라 그런지 피 냄새가 확 하고 밀려 들어왔다.

이미 지하에 있던 무인들은 모두 정리된 상황이었다.

이곳 천용전을 지키는 무인들 또한 한가락 하는 실력자들이었거늘 그들은 반항도 하지 못하고 숨이 끊어져 버렸다.

그만큼 이 여덟 명의 복면인들의 실력이 뛰어나다는 말이기도 했다.

뒤늦게 지하 감옥으로 내려선 사내가 물었다.

"그자는?"

"안쪽에 있습니다."

대답을 들은 복면인의 수장은 곧바로 지하 감옥의 안쪽을 향해 움직였다.

걸어 나가던 그는 옆쪽 감옥 안에 갇혀 있는 가후를 발견했다.

그렇지만 그 복면인은 가후를 한 번 힐끔했을 뿐 전혀 신경 쓰지 않고 그대로 안쪽으로 더 걸음을 옮겼다. 그런 그가 멈추어 선 곳은 다름 아닌 천위극이 갇혀 있는 감옥의 앞이었다.

퀴퀴한 공기의 지하 감옥, 그리고 그런 내부를 뒤덮은 피 냄새.

아무리 잠에 들어 있었던 천위극이라 할지라도 절대십마 중 한 명인 그가 이런 피 냄새를 놓쳤을 리가 없다.

쇠사슬에 묶인 채로 그가 쇠창살 너머에 모습을 드러낸 복면인을 응시하고 있었다.

"……누군가?"

물어보는 천위극의 눈동자가 번뜩였다.

이곳을 지키고 있는 무인들까지 베어 넘기며 자신의 앞에 선 복면인. 이렇게 모습을 드러낸 자의 목적은 크게 두 가지로 볼 수 있다.

자신을 구하러 온 것이거나 그게 아니라면…… 반대로 죽이러 온 것이겠지.

복면을 쓰고 있다곤 하지만 드러나 있는 이마와 눈동자 부분만 봤을 때 누군지 감이 오지 않는다. 자신과 인연이 없는 자일 공산이 컸고, 그렇다면 두 가지 목적 중 후자일 가능성이 컸다.

'나를 죽이러 온 자인 건가?'

위험해 보이는 상황이었거늘 천위극의 얼굴엔 긴장감이 보이지 않았다.

그리고 그 순간 복면인이 소매 안에서 단검 하나를 끄집어냈다. 그러고는 이내 그 단검을 쇠창살 사이로 들이밀었다.

단검에 서린 서슬 퍼런 검기. 검기에 휩싸인 단검이 천위극을 향해 천천히 다가왔다.

그 검기를 두른 단검이 노리는 것은…….

철컹.

소리와 함께 떨어져 나간 것은 천위극의 목이 아닌, 그를 묶고 있는 쇠사슬이었다.

특별히 제작된 쇠사슬을 마치 두부 썰 듯 썰어 버린 그자는 곧바로 둘 사이를 막고 있는 쇠창살마저 베어 넘겼다.

탕.

부러진 쇠창살이 바닥으로 떨어졌고, 바깥에 서 있던 복면인이 짧게 말했다.

"구하러 왔소."

말을 들은 천위극이 여태까지 쇠사슬에 결박당했던 팔 부분을 어루만지며 의아한 표정을 지어 보였다.

천위극이 물었다.

"복면 때문에 제대로 확인하긴 어렵지만 내가 알지 못하는 자인 것 같은데?"

"지금 긴 이야기를 나누는 건 어렵소. 이곳을 빠져나가 추후를 도모하시오. 시간이 없소. 그럼 우선 점혈된 혈도를……."

"아니, 됐네."

천위극은 지금 혈도를 점혈당하고 쇠사슬에 묶여 있던 상황이었다. 그렇지만 그 복면인이 직접 점혈을 풀어 주려 하자 천위극이 갑자기 두 주먹을 불끈 쥐었다.

그리고…….

두두두둑!

연달아 터져 나오는 소리와 함께 점혈되었던 혈도가 알아서 하나씩 풀리기 시작했다. 스스로 점혈된 혈도를 푸는 모습에 복면인의 눈가에 놀란 기색이 서렸다가 사라졌다.

점혈된 혈도를 자신의 힘으로 아무렇지 않게 풀어버린 천위극이 가볍게 몸을 움직였다.

팔에 묶여져 있던 쇠사슬이 혈도를 풀 수 없도록 마지막 혈을 강하게 누르고 있던 탓에 여태 아무런 행동도 하지 못했던 것이다.

그랬기에 쇠사슬이 잘려져 나가는 순간 천위극은 스스로 혈도를 풀어낼 수 있었다.

그런 그의 모습에 복면인은 내심 감탄을 하지 않을 수 없었다.

'과연 절대십마라 이건가.'

그렇지만 놀라고 있을 시간은 그리 길지 않았다.

"나갑시다."

말과 함께 복면인이 서 있는 천위극을 재촉하며 걸음을 옮겼다. 그리고 그런 복면인의 뒤를 따라 걸음을 옮기던 천위극의 시선에 지하 감옥 내부에 죽어 있는 이들의 시신이 들어왔다.

그들은 모두 단 일격에 즉사한 상태였다.

목을 그은 깨끗한 선 하나.

그 검상을 보는 것만으로도 천위극은 이들이 어떠한 종류의 무공을 익혔는지 파악해 냈다.

'살수들이군.'

그랬기에 더 의문이었다.

대체 살수들이 왜 자신을 구하러 온단 말인가? 더군다나 이토록 뛰어난 실력을 지닌 살수들이라면 그리 많지 않을 터.

기억에 있는 그 살수 집단들과 자신의 연관성을 찾으려 해 봤지만 걸리는 게 없다.

그렇게 지하 감옥에 난 길을 걸어가던 때였다.

덜컹!

갑작스럽게 쇠창살을 움켜잡는 소리.

두 사람이 시선을 돌린 그곳엔 혈영검 가후가 새파랗게 질린 얼굴로 자리하고 있었다.

그가 천위극을 향해 간곡한 표정으로 외쳤다.

"나, 나도 빼 주시오! 천 가주!"

덜덜 떨고 있는 가후를 잠시 바라보던 천위극이 픽 웃었다.

"내가 왜 그래야 하나?"

"나, 나를 돕겠다 하지 않았습니까. 같은 길을 보고 걸었던 동료인데……."

"동료?"

퍽!

천위극의 손바닥에서 뻗어져 나간 장력이 쇠창살 사이를 파고들어 가후의 가슴에 틀어박혔다. 그의 몸이 쭈욱 밀려나가 반대편 벽에 충돌하고서야 가까스로 멈추어 설 수 있었다.

"켁켁."

거친 기침을 내뱉으며 주저앉아 있는 그를 내려다보며 천위극이 차갑게 말했다.

"어쩌지. 아쉽게도 난 자네를 동료라 생각한 적이 없어서 말이야."

그 말을 마친 천위극은 주저앉은 가후를 내버려 둔 채로 다시금 걸음을 옮겼다.

그렇게 지하를 빠져나와 외부로 나오게 된 살수들과 천

위극.

천위극은 폐부로 밀려드는 외부의 공기를 깊게 들이마셨다.

지하 감옥에 그리 오래 갇혀 있던 것도 아니거늘 무척이나 갑갑했던 그다.

그런 천위극에게 복면인들의 수장이 말을 걸었다.

"어서 가시오. 우리는 뒷정리를 끝내고 떠날 생각이니."

말을 내뱉는 복면인의 얼굴을 물끄러미 바라보던 천위극이 이내 고개를 끄덕였다.

"그러지."

말과 함께 천위극은 천용전을 나가는 입구를 향해 발걸음을 옮겼다. 그리고 복면인의 수장은 그런 그를 응시하며 수하들에게 가볍게 손짓했다.

그의 손짓에 수하들은 미리 약속된 것처럼 자신들의 흔적을 확인하고 지우기 시작했다.

수하들이 바삐 움직이는 그때, 복면인의 수장은 멀리 걸어가는 천위극을 바라보고 있었다.

이곳에 갑자기 나타난 이 복면인들의 정체.

복면인들은 바로 혁련휘가 그토록 쫓고 있는 그들과 관련된 자들이었다. 그들은 마교가 안정화되는 걸 원하지 않았다. 그랬기에 일부러 사람을 써서 천위극을 풀어 준 것이다.

물론 당장의 천위극이 뭔가를 할 순 없겠지만 분명 이로 인해 마교는 또 다시금 소용돌이에 휩싸일 거라는 확신이 있었기 때문이다.

칠대천 중 하나인 묵룡천가의 가주이자, 여타의 많은 마교의 세력들과도 깊은 연이 닿아 있는 천위극이라면 그냥 쉽게 패하진 않을 거라 여겼다.

허나…….

천위극의 선택은 그들이 예상했던 범주 안의 것이 아니었다. 정말 예상치 못한 선택. 천위극은 그런 선택을 내렸다.

비밀스러운 복면인들 덕분에 천용전을 빠져나온 천위극이 슬그머니 하늘을 올려다봤다.

어두운 밤하늘, 그리고 차가운 공기.

그는 가만히 자신의 얼굴을 어루만졌다. 주름으로 가득한 얼굴은 세월의 흐름을 말해 주는 것만 같았다. 그리고 동시에 천위극의 머리에는 여태까지 살아왔던 인생들이 주마등처럼 스쳐 갔다.

처음 검을 잡았던 어릴 때의 그 날을 시작으로 해서, 정사대전을 겪었던 일도. 그리고 천하의 주인이 되고자 했던 마음을 가지고 그 모든 것들을 계획했던 나날들까지.

하루하루 소중하지 않았던 날이 없었다.

그리고 그 모든 계획이 수포로 돌아간 오늘…….

"마지막 매듭을…… 지으러 가야겠구나."

나지막한 중얼거림과 함께 천위극이 휘적휘적 어딘가를 향해 걸음을 옮겼다.

*　*　*

사건이 벌어지고 약 이각 가까운 시간이 지났을 무렵. 업무를 마치고 천용전으로 돌아왔던 장룡은 그곳을 지키고 있던 무인들이 죽은 걸 발견했다.

그리고 이내 곧바로 확인한 지하 감옥.

지하 감옥 내에 있어야 할 천위극이 사라졌다는 사실까지 알게 되자 그는 다급히 혁련휘에게 연락을 취하기 위해 움직였다.

이 사실을 알리기 위해 직접 움직인 장룡이 혁련휘의 거처에 도착했다.

교주와의 만남을 끝내고 비설의 옆을 지키고 있던 혁련휘는 이번엔 장룡과 마주해야 했다.

비설이 있는 방에서 걸어 나오는 혁련휘를 향해 장룡이 먼저 예를 갖췄다.

그런 장룡을 내려다보며 혁련휘가 물었다.

"이 늦은 밤에 무슨 일이지."

"천위극이…… 도망쳤습니다."

말을 하는 장룡의 목소리는 가볍게 떨려 왔다. 그리고 그런 그의 말에 혁련휘는 물론이거니와 옆에 서 있던 환야와 부의민마저도 표정을 구겼다.

천위극을 놓치다니?

그를 궁지로 몰아넣고 붙잡는 것이 얼마나 어려웠는데, 어찌 이리 쉽게 놓칠 수 있단 말인가.

혁련휘가 이해가 안 간다는 듯 물었다.

"자네와 적 가주가 번갈아 지킨다고 했잖아. 그런데도 도망쳤다고?"

"죄송합니다. 교주님의 명대로 무력 단체들을 정리하기 위해 같이 자리를 비우는 그 짧은 틈을 어찌 알아냈는지 빠져나갔습니다."

"혼자서 도망친 건가?"

"아닙니다. 외부에서의 침입 흔적이 있었고, 같이 잡아두었던 가후를 통해 들은 바로는 복면인들이 나타나 구해 갔답니다."

"복면인?"

"네, 가후에게 전해 들은 바로는 숫자는 그리 많지 않았다고 합니다. 그리고 죽은 시신들을 확인해 본 결과 살수가 분명합니다."

"살수가 천위극을 구해 나갔다?"

"우선은 이런 일을 벌일 정도의 능력이 있는 살수 집단의 목록부터 확인하고, 개중 천위극과 연이 닿아 있는 이들이 없는지부터 확인하겠습니다."

장룡의 말에 고개를 끄덕인 혁련휘가 곧바로 명을 내렸다.

"묵룡천가를 비롯해 칠대천들의 움직임도 주시해. 만약에라도 천위극이 그들을 규합하려 들지도 모르니까."

이미 무력 단체들을 모두 해산시킨 상황. 단기간 내에 큰 힘을 모으는 건 불가능하겠지만, 그래도 위험한 불씨는 사전에 제거하는 게 낫다는 혁련휘의 판단이었다.

혁련휘의 생각을 알았는지 장룡 또한 그런 그의 말에 동조했다.

"그리하겠습니다. 혹시 모르니 마교 내성과 외성의 곳곳도 수색하여 숨어 있을지도 모르는 천위극을 찾도록 하겠습니다."

"그렇게 해. 시간을 주면 안 되니 빠르게 움직여."

"예, 대공자님."

바로 그때였다.

"뭐 그리들 급하십니까."

들려온 노인의 목소리, 그리고 그쪽으로 시선을 돌린 혁련휘와 장룡의 눈동자엔 놀란 감정이 스쳐 지나갔다.

열린 문을 통해 천천히 걸어 들어오는 노인.

그리고 그 노인의 정체는…… 놀랍게도 지금 그토록 뒤쫓고 있던 천위극이었다.

손에는 어디서나 손쉽게 볼 법한 술병 하나를 든 그가 이곳에 모습을 드러낸 것이다. 그것도 그 누구도 대동하지 않은 단신으로.

예상치 못한 천위극의 등장에 쉬이 말을 꺼내지 못하고 있던 그때 그가 웃는 얼굴로 입을 열었다.

"저를 찾고 계셨던 모양인데 그러지 않으셔도 됩니다. 보시는 것처럼 직접…… 찾아왔으니까요."

9장. 새로운 시대의 서막

— 내가 변했구려

탈옥했다 여겼던 천위극의 갑작스러운 등장.

그런 천위극을 향해 혁련휘가 입을 열었다.

"무슨 꿍꿍이지."

"꿍꿍이라…… 무슨 말씀을 하시는지 모르겠군요."

"모르는 척하지 마. 왜 기껏 도망친 네가 제 발로 이곳까지 걸어왔냐는 거야."

혁련휘의 추궁에 천위극이 너털웃음을 터트리며 대꾸했다.

"허허, 도망칠 생각은 애초에 없었습니다."

도망친 사람의 입에서 나온 말이라고 보기엔 다소 어처

구니가 없는 대답. 그렇지만 그건 결코 거짓이 아니었다.

정말 도망칠 생각이었다면 다른 곳도 아닌 이곳 대공자의 거처로 오지는 않았을 테니까.

목숨을 부지할 생각이었다면 도망쳤을 게다. 그렇지만 천위극은 그러지 않았다.

도망친다 해서 아무런 것도 변하지 않는다는 걸 알았으니까.

도망쳐서 세력을 모은다?

꿈같은 소리다. 지금 이 자리에 오르는 데 얼마나 오랜 시간이 걸렸던가. 묵룡천가의 수장이라는 자리에 있었기에 그나마 이 정도의 꿈을 꿀 수 있었던 것이다.

모든 걸 잃은 그 순간, 그때가 바로 천위극으로서는 꿈에서 깨어 나와야 하는 때였던 것이다.

그토록 꿈꿔 왔던 목표가 사라진 지금 더는 목숨 같은 것에 연연하지 않는다.

그 대신 목숨을 걸고 하고자 하는 새로운 목표, 그 목표 하나만 이룰 수 있다면.

천위극이 자신을 바라보는 이들을 향해 말을 내뱉었다.

"목표가 생겼으니까요. 그 목표를 위해 잠시나마 나온 것뿐입니다."

"그 목표가 뭐지?"

"뭐겠습니까. 제가 굳이 이곳에 찾아온 걸 보면 답은 나와 있지 않습니까? 대공자."

말을 내뱉는 천위극의 시선은 혁련휘에게 고정되어 있었고, 그런 그의 말투에 장룡이 이를 갈았다.

"천위극, 네놈이 지금……!"

화를 쏟아 내려는 장룡을 손을 들어 저지한 혁련휘가 차가운 목소리로 물었다.

"나와 싸우러 온 것인가."

"그렇습니다, 대공자."

천위극은 속내를 감추지 않았다.

그만큼 지금 자신의 감정이 확실했으니까.

꿈도, 세력도 잃었다. 그런 지금 천위극에게 남아 있는 건 오로지 하나.

무인으로서의 자존심뿐이다.

비참하게 숨어서 목숨을 연명해 나갈 생각은 없었다.

자신과 싸우러 왔다는 천위극의 행동에 혁련휘가 가만히 그를 바라볼 때였다.

천위극이 말을 이었다.

"제 인생의 가장 쓰디쓴 패배를 안겨 줬던 교주님을 찾아갈까도 생각했습니다만, 곧 생각을 바꾸었지요."

아주 짧게나마 교주 혁무조에게 찾아가 마지막 승부를

걸려고도 했다. 그렇지만 그런 생각은 길지 않았다.

그보다 더욱 혁무조에게 타격을 줄 방법을 알고 있었으니까.

천위극이 침착한 목소리로 말했다.

"그분이 꿈꾸는 새로운 세상. 그리고 그 세상을 만들어 나갈 분은 바로 대공자이십니다. 그런 대공자를 꺾음으로써…… 교주님께서 만들고자 하는 새로운 세상에 재 한번 뿌려 보고자 합니다."

알고 있다.

이겨도 죽고, 져도 죽는 싸움이 될 거라는 걸.

그걸 알면서도 이곳으로 온 천위극이다.

여태까지의 혁련휘가 알아 왔던 묵룡천가의 가주 천위극이 아닌 무인 천위극이 지금 이곳에 있었다.

피해도 상관없는 싸움이다.

이곳에 있는 장룡을 비롯한 다른 이들로 하여금 그를 제압해도 될 상황. 그렇지만 혁련휘는 고개를 끄덕였다.

"그럴 수 있다면 어디 한번 해 봐."

"대공자님! 아무 얻을 것도 없는데 굳이 저런 말도 안 되는 제안을 수락하실 이유가……."

장룡이 황급히 소리쳤다.

그의 목소리에는 당혹스러움이 가득했다.

혁련휘의 실력을 의심하는 건 아니다.

일전에 첫 만남 때 펼쳤던 내공 대결로 인해 그의 무위가 엄청나다는 것도 안다. 그렇지만 상대는 천위극이다.

천위극은 장룡조차도 이길 수 없는 한 단계 위의 고수다.

자신과 벌였던 내공 대결 정도로 끝나는 일이 아닌 목숨을 건 싸움이다.

절대십마.

천하에서 열 손가락 안에 드는 절대 고수에게 붙여지는 칭호다.

제아무리 혁련휘가 강하다 해도 절대십마와 싸워서 이길 정도라고는 생각지 못했다.

무모한 싸움, 장룡의 눈에는 지금 이것이 그리 보일 뿐이었다.

아무 얻을 것도 없다는 장룡의 말에 천위극이 가볍게 말을 받았다.

"만약 절 이기신다면 소교주님의 죽음에 대해 가장 밀접한 이가 누구인지 말씀드리지요."

"……지금 그 말 허언은 아니겠지."

"물론이지요."

천위극이 가지고 있던 최고의 패.

그건 바로 소교주에 관련된 비밀이었다. 혁무조를 빼다

박은 혁련휘가 자신의 도전을 피할 거라고도 생각지는 않았지만, 만약에라도 그렇게 된다면 이 패를 이용해 그를 움직이게 할 생각이었다.

그리고 천위극의 생각대로 애초부터 이 싸움을 피할 생각이 없었던 혁련휘다.

그런 혁련휘에게 싸워야 할 이유가 하나 더 생긴 꼴이었다.

천위극을 잡긴 했지만 아직도 혁리원의 죽음에 대한 것들은 오리무중인 상태.

그런 지금 천위극이 입을 열어 뭔가를 말해 준다면 분명 엄청난 정보가 될 공산이 크다.

이야기를 나누는 두 사람을 번갈아 보던 장룡의 얼굴엔 근심이 가득했다.

그가 보기엔 지금 혁련휘가 천위극의 꼬임에 말려드는 형세로 보였기 때문이다.

참지 못한 장룡이 혁련휘에게 전음을 날렸다.

『대공자님, 상대는 절대십마 중 하납니다.』

걱정을 담은 장룡의 전음, 그렇지만 돌아오는 혁련휘의 반응은 예상을 뛰어넘어도 한참은 넘어 버린 것이었다.

『그래서?』

『그, 그래서라니요. 절대십마가 어떤 자들인지 잘 아시지 않으십니까.』

장룡이 말하고자 하는 게 무엇인지 모르지는 않는다. 그랬기에 혁련휘는 보다 확실하게 그의 생각에 답했다.

『이런 자 하나 이기지 못할 거였다면 동생의 복수를 하겠다며 돌아오지도 않았다, 장룡.』

『허나…….』

『이길 수 있다.』

전음과 함께 장룡을 향한 혁련휘의 시선.

그 눈동자를 마주하는 순간 장룡은 움찔하고야 말았다.

눈동자에 맺혀 있는 흔들림 없는 확신.

일말의 두려움도, 망설임도 없는 그 눈빛을 보는 순간 장룡은 마른침을 삼킬 수밖에 없었다.

'어찌 저리 닮았단 말인가.'

오랜 시간 마교의 무인으로 살아왔던 장룡이다.

교주 혁무조의 어릴 때부터의 모습을 생생히 기억한다. 그는 언제나 지금의 대공자처럼 자신감이 넘치곤 했다.

그리고 그 말도 안 된다 여겨졌던 자신감은 능력이 뒷받침되기에 나오는 것임을 매번 증명하곤 했다.

그랬던 자신감이 지금 눈앞에 있는 대공자 혁련휘에게서 느껴지고 있다.

부전자전(父傳子傳)이라는 말이 이래서 나온 것일까 하는 생각이 들 정도로 흡사한 모습.

그랬기에 장룡은 알고 있었다.

이런 자신감이 닮은 것처럼, 한번 정한 것에는 결코 뜻을 바꾸지 않을 거라는 것도.

결국 장룡은 스스로의 불안감을 애써 감춘 채로 침묵했다.

둘 사이에 짧게나마 전음이 오고 가는 걸 눈치챘던 천위극은 잠시 조용히 둘의 대화가 끝나기를 기다렸다. 그리고 이내 전음이 끝난 걸 눈치챘는지 먼저 말을 꺼냈다.

"이곳이 좁기도 하고, 음지가 아닌 양지에서 무인으로 싸우고 싶은데 어찌 생각하십니까?"

천위극의 제안에 혁련휘가 반문했다.

"자리를 옮기자는 이야긴가?"

"예, 이왕이면 넓은 비무장이 좋겠지요."

혁련휘는 천위극의 제안에 고개를 끄덕였다.

그 또한 이곳에서 천위극과 싸울 생각은 없었으니까.

지금 이 바로 뒤편에 있는 방.

그곳에 다친 비설이 잠들어 있었으니까.

그런 지금 이곳에서 소란을 일으켜 그녀의 휴식을 방해하고 싶지 않았다.

혁련휘가 손가락을 까닥거렸다.

"따라와. 인근의 비무장으로 안내하지."

말을 마친 혁련휘가 이내 시선을 돌려 환야를 바라봤다.

잠시 자리를 비우는 지금, 비설의 상태를 지켜봐야 할 이가 그였으니까.

"환야, 눈 떼지 말고 잘 보고 있어."

"알겠습니다, 대장."

"혹시 모르니 달치도 여기 붙여 두지."

비설이 다친 지금 갑작스러운 외부의 공격이 있을 걸 대비해 혁련휘는 달치 또한 이곳 장원에 대비책으로 두려 하는 것이다.

혁련휘가 다시금 말했다.

"부의민, 장룡. 두 사람은 날 따라와."

"알겠습니다."

장룡이 짧게 말했고, 부의민은 고개를 끄덕이는 걸로 대답을 대신했다.

혁련휘는 잠시 힐끔 뒤편에 있는 방을 바라봤다.

그러고는 이내 환야에게 잠시 시선을 주고는 곧바로 아래쪽으로 걸음을 옮겼다.

혁련휘가 다가오자 천위극이 잠시 옆으로 비켜섰다. 그런 그의 옆을 지나쳐 간 혁련휘가 장원의 입구를 나섰고, 나머지 인원들이 뒤를 쫓았다.

늦은 밤이긴 했지만 수많은 무인들이 아직까지도 잠에 들지 않았다. 그리고 그런 그들은 놀라운 광경을 목격할 수밖에 없었다.

대공자 혁련휘와, 말도 안 되는 일이 들통나며 감옥에 갇힌 천위극이 함께 걸어가고 있는 모습을 말이다.

놀란 이들은 수군거리며 슬쩍 그 뒤를 쫓기 시작했다. 그 숫자가 어느 정도 되었을 무렵, 마침내 혁련휘는 목적지에 도착할 수 있었다.

무척이나 넓은 비무장이니만큼 아직까지도 많은 무인들이 이곳에 자리하고 있었다.

그런 그들 또한 갑작스레 혁련휘와 함께 등장한 천위극의 모습에 당황한 듯 서로의 얼굴을 살폈다. 마교의 무인치고 춘절 행사 때 있었던 일을 모르는 이는 없다 해도 과언이 아니다.

가짜 소교주를 만들어 내세우는 중죄를 저지른 천위극이 어찌 감옥이 아닌 마교 내부를 돌아다니고 있단 말인가.

천위극을 향해 적개심을 불태우는 수많은 무인들을 향해 혁련휘가 입을 열었다.

"비무장을 잠시 써야 해서 자리들 좀 비켜 줬음 하는데."

크지 않은 목소리였지만 내공이 실렸던 만큼 그 말은 모두의 귀에 똑똑히 틀어박혔다. 혁련휘의 말에 모두가 황급히 비무장 아래로 뛰다시피 내려섰고, 그제야 그가 천천히 걸음을 옮겼다.

성인 장정 무릎 높이는 됨 직한 비무장 위로 올라선 혁련휘가 아직도 아래에 선 천위극을 향해 고갯짓을 했다.

“뭐해? 안 올라오고.”

혁련휘의 재촉. 그 재촉을 들으며 천위극은 가만히 손에 들고 있던 술병의 뚜껑을 열었다. 처음 혁련휘를 만나러 왔던 그곳에서부터 지니고 있던 바로 그 술병이었다.

그리고 그 술병 안에는 값싼 화주가 들어 있었다.

천위극은 술병을 입에 가져다 댄 채로 화주를 벌컥벌컥 들이마셨다.

쓰디쓴 화주가 목구멍을 타고 속을 뜨겁게 달궜다.

입가에 묻은 화주를 소매로 가볍게 닦아 낸 천위극이 손에 들린 술병을 바라보며 입을 열었다.

“역시 예전 맛은 안 납니다그려.”

값싼 화주가 들린 술병을 흔들며 천위극은 웃음을 흘렸다.

젊었을 적 함께 무공을 익혔던 사형제들과 밤늦게까지 마시곤 했던 화주다.

이 싸구려 화주가 당시엔 왜 그리도 좋았는지 모를 정도로 쓰디쓰기만 하다.

허나 알고 있다.

변한 건 술맛이 아닐 것이다.

그 술을 마시는 자신이 변했으니까. 그러니 똑같은 술을 마셔도 다르게 느껴질 수밖에.

화주를 들이켰던 천위극이 들고 있던 술병을 툭 하고 내던졌다.

그러고는 곧바로 땅을 박차며 허공을 훌훌 날듯이 혁련휘의 반대편으로 가서 착지했다.

무릎을 굽힌 채 착지했던 그가 천천히 몸을 일으켜 세웠다.

그의 시선이 빠르게 주변을 훑었다.

비무장에는 생각보다 많은 이들이 자리하고 있었다.

처음부터 이곳에 있었던 이들, 그리고 혁련휘와 천위극이 동행하는 모습을 보고 무슨 일인가 하고 조심스레 따라왔던 자들까지.

그 숫자가 얼추 백여 명 정도는 됨 직하다.

평소였다면 누군가가 자신의 무공을 보는 걸 그리 좋아하지 않았다. 허나 지금은 아니다.

혁련휘를 꺾고, 혁무조가 만들려는 새로운 세상에 흠집을 내고 싶은 천위극에겐 관객이 필요했으니까.

'그 두 눈으로 똑똑히 보거라. 그리고 그 입으로 떠들 거

라. 지금 이곳에서 있을 일에 대하여.'

잠시 그들에게 시선을 줬던 천위극의 시선이 이내 자신과 마주하고 있는 한 사내에게 틀어박혔다.

이런 상황에서도 전혀 흔들림 없이 서 있는 사내, 혁련휘.

천위극은 준비해 온 검을 손가락 끝으로 어루만졌다. 이기든 지든 죽음을 각오한 그였기에 검을 뽑기 전에 수많은 기억들이 머리를 어지럽힌다.

그렇지만 복잡한 머리와는 달리 두 눈은 혁련휘 한 명에게 단단히 고정되어 있다.

검 손잡이를 어루만지던 손가락이 천천히 멈추어 섰다.

'내 인생의 마지막 상대.'

손가락 끝이 검집에 들어 있는 검의 손잡이를 밀어 올렸다.

스르르릉.

검날이 모습을 드러내는 그 순간 주변으로 몰아치는 싸늘한 감각.

그 감각을 가장 먼저 느낀 것은 마주하고 있는 혁련휘였다.

예상은 했지만…….

'쉽진 않겠군.'

절대십마의 일인 천위극.

한 시대를 풍미했던 절대고수 중 하나. 그런 그였기에 검을 뽑아내는 것만으로도 이미 주변 모든 것들이 숨소리마저 멈추고 있었다.

하늘을 나는 새들도, 땅속에서 떠들어 대는 벌레들의 자그마한 움직임과 바람으로 인해 흔들리던 나뭇가지들마저도.

절대고수의 투기에 그 모든 것이 멈추었다.

허나 혁련휘 또한 그런 기운에 밀릴 사내가 아니었다. 뽑혀져 나오는 천위극의 검에 맞추어 혁련휘는 차고 있던 파멸혼을 뽑아 들기 시작했다.

그리고 파멸혼을 완전히 꺼내어 들었을 때, 나지막한 목소리로 혁련휘가 입을 열었다.

"절대십마라는 그 위명, 내가 거두어 가지."

먼저 들어온 건 천위극이었다.

'어디 실력 한번 볼까.'

어느 정도 실력을 지녔는지 가늠하기 위해 재빠르게 거리를 좁히며 치고 들어오는 천위극의 공격은 날카로웠다.

스읍!

단순한 베기.

그렇지만 그 단순한 행동도 누가 했느냐에 따라 천차만

별의 파괴력을 보이는 건 당연지사. 멀리서 그 모습을 보고 있던 장룡이 움찔했다.

'단순한 공격이 아니다.'

검 주변을 회전하고 있는 기운, 아마도 맞닿는 순간 어마어마한 흡입력으로 혁련휘를 빨아들일 것이다. 그 사실을 아는지 모르는지 파멸혼으로 날아드는 검을 받아 내는 혁련휘의 모습에 장룡의 안색이 창백해지는 순간.

쿠웅!

쇠끼리 맞닿았는데 들려온 소리는 커다란 북소리를 연상케 하는 충격음이었다.

당장이라도 혁련휘를 구해야 할지도 모른다는 생각에 긴장하고 있던 장룡의 표정이 돌변했다.

막아 냈으니까.

그것도 아주 완벽할 정도로.

장룡이 놀란 표정을 채 수습도 하기 전이었다.

카앙!

강하게 검을 위로 올려 친 혁련휘가 곧바로 비어 버린 천위극의 가슴을 향해 파멸혼을 휘둘렀다. 그의 도에 거짓말처럼 도강이 맺히며 뿜어져 나갔다.

쿠카캉!

천위극이 사라져 버린 그곳.

그렇지만 도강으로 인해 비무장 바닥이 산산조각이 나듯 터져 나갔다. 그리고 그 순간 위편에서 천위극이 떨어져 내리며 검을 움직였다.

휙휙.

뭔가를 그리는 듯 움직이던 천위극의 검에서 날카로운 검기가 파도라도 된 것처럼 연달아 몰아쳤다. 날아드는 검기의 향연, 그 순간 혁련휘는 피하기보다는 오히려 그 사이로 뛰어들었다.

혁련휘의 몸 주변으로 바람이 휘몰아치며 하나의 갑주가 되었다.

풍신갑을 펼친 혁련휘의 몸이 오히려 검기를 터트리며 순식간에 천위극과의 거리를 좁혔다. 예상치 못한 움직임이었던 탓일까.

천위극은 솟구쳐 오르는 혁련휘의 반격에 황급히 대비했다. 거리가 순식간에 좁혀진 탓에 둘 모두가 무기를 휘두를 간격이 생기지 않았다.

순식간에 스치듯이 지나쳐 갔지만 그 짧은 찰나 벌어진 허공에서의 박투술.

그 박투술을 제대로 본 건 장룡뿐이었다.

그가 놀란 표정으로 입을 쩍 벌렸다.

동시에 착지해 내린 두 사람. 그리고 장룡이 본 것과 같은 결과가 벌어졌다.

"끄응."

천위극이 자신의 명치를 손으로 어루만지며 신음을 토해냈다.

스쳐 지나가는 그 짧은 사이 둘은 무려 십칠 회에 달하는 공격을 서로 주고받았다.

주먹질과 발길질이 동시에 쏟아지며 상대의 빈틈을 노렸고, 그 와중에 혁련휘가 날아드는 발을 팔꿈치로 쳐 내며 동시에 비어 버린 명치에 주먹을 꽂아 넣었던 것이다.

그 모든 일들이 벌어지는 데 든 시간은 고작 눈 한 번 깜빡할 정도에 불과했다.

장룡이 땀이 나는 자신의 주먹을 강하게 움켜쥐었다.

'엄청난 싸움이로군.'

치명상을 입을 수 있는 와중에서도 최소한으로 충격을 완화한 천위극의 움직임 또한 칭찬받아 마땅했다.

둘의 몸이 동시에 상대방을 향해 달려 나갔다.

카앙! 캉!

연달아 충돌하는 두 개의 병기에서 불똥이 튀었다. 사방으로 휘몰아치는 바람이 부서져 바닥을 나뒹굴고 있던 돌들을 여기저기로 튕겨져 나가게 만들었다.

천위극의 검이 그의 손바닥 위에서 회전하며 위로 솟구

쳤다.

검은 옆으로 슬쩍 비켜선 혁련휘의 옷깃을 스치고 지나갔다. 그리고 그 순간 드러난 빈틈을 혁련휘가 파고들었다.

파파팡!

순식간에 뒤엉킨 도와 검.

혁련휘의 손에 들린 파멸혼이 맹렬하게 휘몰아쳤다.

연신 그 공격을 받아 내고 있는 천위극은 손목이 저릿거릴 지경이었다.

속도와 힘, 양쪽 모두가 자신이 생각해 왔던 것 이상이다.

그리고 이내 강렬하게 떨어져 내리는 파멸혼을 천위극은 검을 옆으로 세우며 가까스로 막아 냈다.

그렇지만 그 충격으로 천위극의 몸이 붕 뜨더니 뒤로 열 걸음 가까이 밀려 나갔다.

'이런……!'

황급히 발을 움직여 밀려 나가는 몸을 간신히 멈추어 세운 천위극이 속으로 혀를 내둘렀다. 그가 웅크렸던 몸을 피며 천천히 시선을 돌렸다.

혁련휘와 마주한 그 상태에서 천위극이 입을 열었다.

"생각 이상이시군요."

"벌써 감탄하면 안 될 텐데. 아직 시작도 안 했거든."

말과 함께 혁련휘가 내기를 끌어 모으기 시작했다. 그리고 그 순간 밀려들기 시작한 뇌신의 기운이 파멸혼을 집어삼켰다.

치치칙.

터져 나오는 뇌기가 어둠이 가득한 허공에 아름다운 빛을 수놓기 시작했다. 그리고 그 힘을 마주하는 순간 천위극의 시선이 차갑게 식었다.

'저것인가.'

혁련휘의 특이한 무공에 대해서는 이미 소문으로 들어 알고 있다.

흑랑방과의 싸움이 있던 그 날 모두의 앞에서 펼쳤던 그의 무공은 중원의 것이 아닌 것처럼 보였다고 했다.

그리고 바로 지금 천위극은 그 무공을 직접 몸으로 확인하게 된 것이다.

파멸혼을 집어삼킨 뇌기가 사방으로 터져 나갔고, 그 모습을 보던 천위극은 볼을 타고 식은땀 한 방울이 주르륵 흘러내리는 걸 느꼈다.

엄청난 압박감이다.

천위극은 저 나이대의 혁무조를 기억하고 있다.

당시에도 그는 재능 있고 엄청난 실력을 지녔던 무인이었다. 그렇지만 적어도 지금 눈앞에 있는 이 사내, 혁련휘

정도의 경지에는 오르지 못했다.

혁무조를 뛰어넘는 재능이 있을 거라곤 단 한 번도 생각해 본 적이 없거늘…….

천위극이 의미심장한 표정을 지어 보였다.

이토록 젊은 사내에게서 이만한 긴장감이라니. 실로 재미있지 않은가.

온몸의 털이 곤두설 정도의 소름을 느끼며 그가 검을 고쳐 잡았다.

혁련휘가 싫었다.

자신의 모든 계획을 망쳐 버린 그의 존재가 어찌 좋을 수 있겠는가.

그렇지만 무인으로서 혁련휘라는 사내는 감탄하지 않을 수 없는 자다.

검을 쥐고 산 육십 년이 넘는 긴 세월.

그 긴 세월을 마무리할 마지막 싸움이 바로 지금이었으니까.

천위극의 입가에 미소가 걸렸다.

'내 마지막이…… 대공자 그대라 다행이오.'

* * *

혁련휘와 천위극의 싸움이 시작됐을 즈음 거처는 조용했다.

달치는 자신의 방에서 쉬고 있었고, 이 방 출입이 허락된 환야만이 비설이 있는 침상 근처를 지키고 서 있었다.

의자에 앉은 채로 발을 까닥거리던 환야가 슬쩍 문 쪽을 바라봤다.

'슬슬 시작되었으려나.'

장룡이 혁련휘를 걱정했던 것과 달리 환야는 태평했다. 그도 그럴 것이 혁련휘의 실력을 너무나 잘 알기 때문이다.

분명 절대십마는 대단한 존재들이지만 그렇다고 해서 혁련휘가 질 거라는 생각은 전혀 들지 않았다.

문으로 향했던 시선이 이내 혼절해 있는 비설에게로 향했다.

치료를 받은 덕분에 낯빛이 한결 나아지긴 했지만…….

계속해서 혼절해 있는 탓에 달인 약재를 먹이는 것조차 쉽지 않다. 그런 그녀를 보고 있자니 환야는 안쓰러운 생각이 들었다.

'먹을 거 엄청나게 좋아하는 녀석인데.'

몸이 빠르게 회복된다고 해도 한동안은 미음만으로 배를 채워야 하니, 아마 비설의 입장으론 죽을 맛일 게다.

비설을 바라보던 환야가 나지막이 중얼거렸다.

"어떻게 하냐. 그 좋아하는 만두 한동안 못 먹을 것 같은데."

"으응."

갑자기 들려온 앓는 소리에 환야는 식겁했다.

순간 비설이 일어난 건가 했지만 그건 착각이었다. 혼절해 있는 와중에 토해 낸 짧은 신음 소리였던 것뿐이다.

그렇지만 환야는 기가 차다는 표정으로 머리를 긁적였다.

'만두 못 먹는다는 말에 반응한 줄 알았네.'

잠시 곁눈질로 비설의 상태를 살피던 환야가 이내 고개를 절레절레 저으며 중얼거렸다.

"뭐든 좋으니까 빨리 자리 좀 박차고 일어나라고. 대장 걱정이 이만저만이 아니더라."

비설이 잠들 때까지 손을 꼭 잡은 채로 옆을 지켜 주는 혁련휘의 모습은 무척이나 낯설었다. 그리고 잠이 들고도 한참은 그 잡은 손을 놓지 않던 혁련휘의 모습이 눈에 아른거린다.

그렇게 환야가 비설을 쳐다보고 있는 그때였다.

환야의 등 뒤편, 그곳에 위치한 창문으로 누군가가 거미처럼 벽에 딱 붙은 채로 움직이고 있었다.

창문을 통해 안으로 귀신처럼 스며든 그자의 정체는 다

를 아닌 어릴 적 자하도에서 환야와 함께 자랐던 여인인 유영인이었다.

방에 들어온 유영인의 모습이 거짓말처럼 사라졌다.

암흑류라는 무공은 어둠 속으로 완벽하게 몸을 감추는 것이다.

환야와 유영인의 거리는 고작 일 장 정도.

그럼에도 불구하고 환야는 아무런 것도 모르는지 미동도 하지 않고 비설을 바라만 보고 있었다.

그런 환야의 뒤편을 잡은 유영인의 눈동자가 그의 등에 틀어박혔다.

'하필이면…….'

유영인은 자신의 입술을 가만히 깨물었다.

지금 그녀가 이곳에 온 목적은 간단했다.

비설의 제거.

유영인의 상관인 그자는 그 어떠한 일보다 비설의 정체를 알아내는 데 모든 힘을 쏟으라 했다. 그 명령이 떨어진 지 그리 오랜 시간이 지나지 않았지만, 상황이 조금 바뀌었다.

새로운 정보를 얻은 탓이다.

비설에 대해 알아보는 도중에 큰 부상을 입고 이곳 마교로 돌아왔다는 사실을 알았다.

부상을 입은 채로 마교 내부를 가로질러 왔으니 아무리 은밀하게 움직였다 해도 모두의 눈을 속이진 못한 것이다.

변수로 여겨지는 비설이라는 존재에 큰 신경이 쓰이던 상황.

그러던 중에 비설이라는 자가 거동조차 하기 힘든 부상을 당했을지도 모른다는 가정이 섰다. 절대십마급의 고수를 손쉽게 죽일 수 있는 이런 기회를 놓칠 그들이 아니었다.

그 존재는 곧바로 유영인에게 비설의 숨을 끊어 버릴 수 있다면 그리하라고 명령했다.

이런 일에 가장 적임자는 유영인 그녀였으니까.

비설을 죽이기 위해 움직인 유영인. 그런 그녀에게 가장 문제가 되는 건 역시나 혁련휘였다.

그런데…… 전화위복이라 했던가?

사실 천위극의 행동은 그를 구해 낸 이들에게 있어선 예상 밖의 일이었다.

도망칠 거라 생각했던 천위극이 도리어 혁련휘를 찾아온 것이다.

그리고 그건 그들의 계획에 없던 일이었다.

당연히 당황했다.

그렇지만 예상 범주를 벗어난 천위극의 행동이 오히려

그들에게 기회가 된 것이다.

가장 껄끄러운 상대였던 혁련휘가 천위극으로 인해 떨어져 나갔다. 그리고 둘이 비무장에 들어가는 것까지 확인하고서야 유영인은 이곳으로 곧바로 돌아왔다.

비설을 죽이기 위해서.

그런데 돌아온 이곳을 지키고 있던 것이 다름 아닌 환야였다. 그런 그를 뒤편에서 말없이 바라보던 유영인이었지만…….

그녀는 이내 결단을 내렸다.

'미안해, 환야.'

시간을 끌 수 없는 상황.

지금이 아니라면 저 비설이라는 자를 죽일 기회는 언제 올지 모른다.

더군다나 비설은 무척이나 위험한 자다.

자신들의 계산에 없었고, 정체조차 모른다.

위험한 불씨는 제거할 수 있을 때 없애는 게 현명한 선택이다.

지척까지 다가왔음에도 불구하고 환야는 자신의 존재를 알아차리지 못한 것으로 보였다. 하지만 유영인은 곧바로 비설에게 살수를 펼치지 않았다.

지금이야 기척을 죽이고 있으니 모를 수도 있겠지만, 죽이기 위해 검을 휘두르는 그 순간은 다르다.

그 순간만큼은 제아무리 기척을 죽이고 있었다 해도 자신의 존재가 드러날 것이고, 그 순간 환야가 막아설 수도 있다 여긴 탓이다.

그랬기에 유영인은 아주 잠시나마 환야의 시선을 속일 계책을 준비했다.

그녀가 환야에게서 일 장 정도 떨어진 그 자리에서 동그란 구슬 하나를 엄지와 검지 사이로 밀어 넣었다.

유영인의 손가락이 자신이 있는 곳 반대편으로 향했다. 그리고 이내 손가락 사이에 껴 있던 구슬을 엄지로 강하게 밀어 올렸다.

조용히 날아오른 구슬이 벽에 부닥치며 자그마한 소리를 울렸다.

탁.

자연스레 환야의 시선이 그쪽으로 향했고, 그 짧은 틈을 유영인은 놓치지 않았다.

환야의 시선의 사각지대 쪽으로 파고든 유영인의 손에 짧은 단도가 번개처럼 뽑혀져 나왔다. 그러고는 곧바로 그 단도를 자리에 누워 있는 비설의 미간을 향해 찍어 넣었다.

부우웅!

단도를 휘두르는 와중에도 유영인의 시선은 환야에게 틀

어박혔다. 그 순간까지도 환야의 시선은 구슬이 날아가 소리를 냈던 벽 쪽으로 향해 있었다.

유영인은 확신했다.

'성공이야!'

그리고 그 순간 피가 튀어 올랐다.

피이이잇!

무엇인가를 벤 느낌.

그 순간 유영인의 표정이 딱딱하니 굳었다. 그녀는 비설을 죽이기 위해 단도를 찔러 넣었다.

그런데 비설의 이마에 닿기 직전에 멈추어 선 단도와, 그걸 움직이지 못하게 강하게 움켜쥔 하나의 손.

그 손의 주인공은 다름 아닌 환야였다.

비설에게 단도가 틀어박히기 직전에 환야가 손으로 그걸 움켜잡아 버린 것이다.

피가 뚝뚝 떨어지는 손을 한 채로 반대편을 응시하고 있던 환야가 그녀를 향해 고개도 돌리지 않은 채 입을 열었다.

"누님, 아직도 내가 어린애로 보입니까?"

10장. 회유

— 빨리 좀 일어나

고개는 돌리고 있었지만 환야의 손은 비설의 숨통을 끊으려 했던 유영인의 일격을 정확히 막아 낸 상황이었다.

뒤통수와 등만 보이던 환야가 서서히 몸을 돌려 단도를 든 채 서 있는 유영인을 올려다봤다.

환야의 차가운 시선이 그녀에게 틀어박혔다.

그리고 환야는 절대 놓치지 않겠다는 듯이 단도를 더욱 강하게 움켜쥐었다.

투두둑.

덩달아 단도가 살 속으로 더욱 파고들며 피가 떨어져 내렸고, 그런 모습에 유영인이 다급히 소리쳤다.

"손가락 전부 잘리려고 그래? 당장 손 떼지 않고 뭐하는……."

"누님부터 놔."

말을 내뱉는 환야의 눈동자가 매섭게 빛나고 있었다. 그라고 지금 이렇게 떨어져 내리는 단도를 움직이지 못하게 움켜쥐고 있는 게 아프지 않을 리가 없다.

그렇지만 안다.

지금 그로 인해 손을 놓는다면 그 기회를 놓치지 않고 유영인은 재차 비설에게 단도를 쑤셔 넣을 것이라는 걸.

지금 단도는 비설의 이마에서 고작 반 뼘도 되지 않는 곳에 위치해 있다.

유영인에게 이 정도의 거리라면 손에 힘을 푸는 그 짧은 순간에 목숨을 거두는 것도 가능할 터.

손바닥에서 연신 피가 뚝뚝 떨어지는 이런 상황에서도 자신을 똑바로 올려다보며 말하는 환야의 얼굴을 보던 유영인은 자신도 모르게 그 기세에 밀린 듯 마른침을 삼켰다.

환야의 말대로다.

지금 자신의 앞에 있는 것은 예전에 알던 그 조그맣고 약하던 꼬마가 아니다.

어엿한 어른.

그것도 자신의 움직임을 완벽하게 읽어 낼 정도로 뛰어

난 무인으로 자라 있었다.

조금만 더 힘을 주면 비설의 미간에 단검을 박아 넣을 수 있을 것만 같다.

그렇지만 그러기 위해서는 환야의 손가락을 모두 잘라 버려야 할 게 분명했다.

그리고 만약 그렇게까지 손을 쓰려 한다면 과연 환야는 가만히 있을까?

그 또한 자신에게 치명적인 일격을 가할 게 분명했다. 뜨겁게 타오르는 듯한 환야의 눈빛이 말하고 있었다.

지금 유영인의 계획대로 쉽게 비설을 죽이지는 못할 거라고.

유영인이 슬그머니 입을 열었다.

"그러게. 이제…… 어린애가 아니네."

말을 내뱉는 유영인의 시선이 다시금 피가 계속해서 흘러내리는 환야의 손으로 향했다.

그걸 바라보던 유영인이 결국 결정을 내렸다.

"……좋아."

말과 함께 유영인은 비설을 향해 찔러 넣었던 단검의 손잡이를 놓았다. 그리고 환야는 자신의 피가 잔뜩 묻은 단검을 빼앗듯이 잡아당기고는 그대로 바닥에 던져 버렸다.

탁.

바닥에 떨어진 피 묻은 단도에 잠시 시선을 뒀던 유영인이 이내 표정을 살짝 찡그리고 있는 환야에게로 고개를 돌렸다.

그녀가 물었다.

"어떻게 알았어?"

"뭘?"

"내가 이자를 노리고 움직였던 거 말이야. 살수를 펼칠 때 알아차린 거야?"

"아니."

환야는 유영인이 스며들어 왔던 창가 쪽을 힐끔 곁눈질하며 말을 이었다.

"창가에 들어설 때부터 알았어."

"……의외네. 그렇게 빨리 들켰을 줄은 몰랐는데."

유영인은 최대한 내색하려 하지 않았지만 적잖이 놀란 모습이었다. 암흑류를 펼치고 완벽하게 방 안으로 스며들어 왔다.

설령 창가를 보고 있었다고 해도 알아차리기 힘든 은밀한 움직임을 자랑하는 암흑류가 아니던가.

그런 자신의 암흑류가 등을 돌리고 있는 이에게 들통이 났다.

쉬이 인정하기 힘든 일이었다.

허나 생각해 보니 자하도에서 나와 이곳 마교에서 처음 봤을 때도 그랬다.

은밀하게 숨어 있던 자신의 기척을 환야가 알아차리지 않았던가.

물론 그때는 반가움이 앞선 탓에 감정적 동요가 있었고, 그로 인해 자신의 위치가 쉬이 드러났다 생각했다. 그렇지만 당시 숨어 있던 자신을 발견했던 게 그저 그 때문이 아니었음을 유영인은 알게 되었다.

'강해졌구나, 환야.'

대견함과 동시에 씁쓸함이 밀려들었다.

몰라볼 정도로 성장한 환야의 모습이 뿌듯했지만, 한편으로는 그런 그와 적대적인 관계에 있어야 하는 지금의 상황 때문에 무조건적으로 좋아할 수도 없는 입장이다.

그사이 환야가 자리에서 일어나 비설의 침상 앞을 막아섰다.

혹여나 유영인이 재차 살수를 펼치는 걸 미연에 방지하기 위함이다.

환야가 퉁명스레 말했다.

"아무리 그래도 사경을 헤매는 사람을 죽이려는 건 너무한 거 아냐?"

"그만큼 위험하다 판단했으니까."

"이 녀석이?"

"응. 계산되지 않는 실력을 지닌 자라 우리에겐 너무 큰 걸림돌이 되고 있거든."

끄덕거리는 유영인을 바라보던 환야가 이내 뭔가를 생각해 내고는 슬그머니 손을 뻗어 이불의 끝자락을 잡았다.

이불로 굴곡진 몸은 잘 가리고는 있다 하지만 머리를 풀고 있는 비설을 계속해서 보고 있으면 그녀가 여인이라는 사실을 눈치챌 수도 있다 여긴 탓이다.

유영인이 혁련휘가 쫓는 그자들과 관련되어 있음을 안다. 그런 위험한 자들에게 비설의 정체가 들통 나게 할 순 없다 판단했다.

슬며시 이불을 입 근처까지 끌어올려 얼굴을 반쯤 가려 줬을 때였다.

그런 환야를 향해 유영인이 말했다.

"그러니 비켜 줘. 그 비설이라는 자, 반드시 죽여야만 하거든."

"누님 사정은 알겠지만 나도 물러날 수는 없어서 말이야."

"……나와 싸워야 할지 모르는데도?"

"응. 이 녀석한테는 빚이 많거든. 그리고 대장이 나한테 잘 지키라고 했는데 두 손 놓고 죽게 둘 순 없지."

환야가 흔들림 없는 표정으로 유영인에게 자신의 속내를 밝혔다. 그를 가만히 바라보던 유영인이 입을 열었다.

"전에 내가 했던 말 기억해?"

"누님의 편에 서든지 그게 아니면 숨어서 지내라던 그 말?"

"응. 그리고 그때 말했었지."

환야와 마주한 그 상태로 유영인이 천천히 말을 이었다.

"만약 둘 다 싫다고 하면…… 그땐 아무리 너라도 죽이겠다고."

말을 내뱉는 유영인에게선 단호한 의지가 보이는 듯했다. 묵묵히 듣고만 있는 환야를 향해 유영인이 물었다.

"조금 더 시간을 주려 했는데, 이렇게 마주하게 됐으니 물을게. 내 제안 받아들일 생각 있어?"

"흐음."

환야는 피로 엉망이 된 자신의 손을 들어 고민이라도 하는 것처럼 턱에 가져다 댔다.

그런 그를 향해 유영인이 말했다.

"왜? 아직도 고민할 시간이 더 필요해? 만약에 그렇다면 우선 비켜서. 그자만 죽이게 해 주면 혹여나 나중에 결정을 내리더라도……."

유영인의 말에 환야가 갑자기 픽 웃었다.

그런 그의 행동에 유영인이 눈을 크게 뜬 채로 응시할 때였다. 환야가 가볍게 손을 저으며 말을 받았다.

“아, 미안. 사실 그 제안에 대해 한 번도 고민해 본 적이 없어서 말이야. 처음부터 지금까지 내 대답은 하나였으니까.”

환야는 그대로 손가락으로 자신이 서 있는 자리를 가리켰다.

비설을 지키기 위해 유영인의 앞을 막아선 바로 이곳. 환야가 웃는 얼굴로 말을 받았다.

“이 자리에 있다는 것, 그것만으로 내 대답은 이미 들은 거 아닌가?”

환야의 말에 유영인은 표정을 와락 구겼다.

그가 하고자 하는 말이 무엇인지 너무나 잘 알았기 때문이다.

자신의 편이 아닌 적이 되겠다는 소리다.

확인이라도 하려는 듯이 유영인이 물었다.

“나와 적이 되겠다는 거네.”

“난 누님과 적이 되고 싶지 않아.”

“말했지. 내 편이 되지 않으면…….”

“알아. 날 죽여야 할지도 모르겠지. 그래서 내가 제안 하나 하려고.”

"제안?"

"누님이…… 내 편이 되어 줘."

"뭐?"

환야의 말에 유영인은 당황했다.

같은 편이 되자는 제안에 도리어 환야가 자신들의 편에 서달라고 말하고 있다.

아무런 말도 하지 못하는 그녀를 향해 환야가 말을 이었다.

"그곳은 누님에게 어울리지 않아. 뜻이 다른 모든 이들을 죽이고, 또 계속해서 죽여야지만 유지할 수 있는 그런 세상이 과연 누님이 바라던 그런 미래야? 누님의 손이 무고한 이들의 피로 물드는 거 보고 싶지 않아. 그러니까…… 그만 방황하고 이리로 와. 예전처럼 다시 함께하자고."

씩 웃으며 환야가 손을 내밀었다.

사실 유영인에게 같은 편이 된 척해서 내부를 파헤쳐 볼까 고민도 했었던 환야다. 그렇지만 그는 그런 행동을 하지 못했다.

자신이 같은 편이 된다 해도 수뇌부에 쉬이 접근하게 해 줄 정도로 만만한 이들이 아님을 알았기 때문이다. 그리고 결정적으로 환야는 유영인을 속이고 싶지 않았다.

어릴 때의 자신을 보살펴 줬던 소중한 사람.

그런 사람에게 거짓말을 하고 싶지는 않았으니까.

그랬기에 지금 환야는 자신의 진심을 유영인에게 내비치고 있는 것이었다.

그리고 그걸 유영인 또한 모르지 않았다.

내밀어진 환야의 피투성이의 손바닥에서는 진심이 느껴졌다.

그걸 알기에 유영인은 슬며시 입술을 깨물었다. 자신의 단검을 잡아 낸 탓에 피투성이가 된 손에 자꾸 눈이 간다.

그렇지만…….

탁!

내밀어진 환야의 손바닥을 그녀가 손등으로 밀어냈다. 그리고 그것이 거절을 뜻하는 거라는 걸 환야가 모를 리 없었다.

유영인이 차가워진 표정으로 말했다.

"내가 꿈꾸던 세상을 만들기 위해선 대공자가 아닌 그분의 힘이 필요해. 그러니까…… 이 손은 못 잡아."

"꼭 이래야겠어?"

말을 내뱉는 환야의 표정이 일그러졌다.

슬픔이 가득한 얼굴, 그 모습에 마음이 아파 왔지만 유영인은 마음을 독하게 먹었다.

이미 내디딘 걸음이다.

지금에 와서 아무런 결과도 없이 되돌리기에는…… 너무 멀리 와 버렸다.

유영인의 시선이 환야의 뒤편에서 눈 부분만 드러낸 채로 혼절해 있는 비설에게로 향했다. 비설을 죽이기 위해 왔지만 아무래도 오늘은 불가능할 것 같다.

막아서고 있는 환야의 실력이 자신이 상상했던 것보다 훨씬 뛰어나다는 사실을 알게 된 탓이다.

환야와의 싸움은 쉽사리 끝나지 않을 게 분명하다. 그렇다면 이곳에 남아 있는 달치까지 감당해야 하는데 그건 제아무리 유영인이라 해도 내키지 않았다.

유영인이 비설에게로 향했던 시선을 환야에게로 돌리며 입을 열었다.

"오늘은 돌아갈게. 그렇지만 다음에도 이렇게 끝날 거라 생각하지는 마. 다음에 만날 때는…… 절대 안 봐줘."

"……누님."

불러오는 환야의 목소리에 유영인은 입술을 꽉 깨물고 몸을 돌렸다. 마음이 약해지는 건 원하던 바가 아니다.

몸을 돌린 채로 유영인이 말했다.

"오늘부터 우린 적이야."

매몰차게 말하는 유영인을 향해 환야가 애써 웃으며 말했다.

"맘 바뀌길 기다릴게."

환야의 그 말을 뒤로한 채로 유영인은 자신이 들어왔던 창문을 통해 바깥으로 사라져 버렸다.

텅 비어 버린 공간을 바라보며 환야는 상처가 난 손으로 이마를 감싸 안았다.

"하아."

쉽진 않을 거라는 건 알고 있었다.

허나 시간이 걸려도 좋다.

어떻게든 유영인, 그녀의 마음을 돌릴 수만 있다면.

깊은 한숨을 내쉬던 환야가 이내 몸을 돌려 침상에 누워 있는 비설을 내려다봤다. 코까지 올렸던 이불을 슬쩍 내려 숨을 쉬기 편하게 해 준 환야가 그녀를 향해 걱정스러운 시선을 보냈다.

'어쩌냐. 너 점점 위험해지는 것 같은데.'

우치에 이어 이제는 유영인까지 비설을 노린다.

그만큼 그녀가 해낸 모든 것들이 그들에게 치명적인 행동이었음을 의미한다.

자신의 손바닥에서 떨어져 내린 피로 얼룩진 비설의 얼굴을 천으로 닦아 주며 환야가 작게 중얼거렸다.

"그러니까…… 빨리 좀 일어나라고."

*　*　*

혁련휘의 몸에서 시작되어 파멸혼을 집어삼킨 뇌기. 그 박력은 가히 주변에 모여 있는 수많은 무인들의 시선을 잡아끌었다.

굳이 그 힘을 보지 않았음에도 불구하고 알 수 있다. 저 도를 감싸 안은 뇌기가 얼마나 무시무시한 힘을 뿜어낼지를.

주변의 모든 것들을 내리누르는 듯한 그 파괴적인 힘이 감추지 않고 스스로의 위력을 뽐내고 있다.

어지간한 무인들은 그 뇌기의 간격 안에 있는 것만으로도 손가락 하나 제대로 까딱하지 못했다. 그만큼 혁련휘에게서 뿜어져 나오는 기운이 엄청났기에 가능한 일이다.

이곳이 어디인가.

바로 마교다.

천하에서 가장 강한 무인들이 모여 있는 곳. 그런 마교의 무인들이 그저 눈만 크게 치켜뜬 채로 시간의 흐름에 몸을 맡기고 있었다.

한 명은 마교의 대공자, 그리고 반대편에 있는 자는 묵룡천가의 가주이자 지금의 무림을 대표하는 최고 고수를 일컫는 절대십마 중 일인인 천위극이다.

이런 최고수들의 싸움은 쉬이 볼 수 있는 게 아니었다.

눈으로 좇기도 힘든 대결이었지만, 그럼에도 불구하고 모여 있는 모든 이들은 저 둘의 움직임을 하나도 놓치지 않겠다는 듯이 모든 신경을 눈에 집중시키고 있었다.

뇌기가 번뜩이는 파멸혼을 치켜든 혁련휘.

그리고 그런 혁련휘와 마주한 천위극 또한 내공을 끌어올렸다.

그의 손에 들린 검에 새카만 검기가 맺히는 듯싶더니, 이내 그것은 하늘을 찢어발기듯이 솟구쳐 올랐다.

콰르르릉!

검기로 보였던 아지랑이에 가까웠던 기운들이 커다란 형상이 되어 검을 집어삼키고 들어왔다. 그리고 이내 검을 감싸 안은 새카만 기운은 검강으로 돌변하며 폭발적인 힘을 주변으로 뿜어냈다.

깔끔하고 절제된 쾌검의 달인으로 이름이 나 있는 천위극이지만, 그건 나이를 먹은 지금에야 그리 불리고 있는 것이다.

물론 뛰어난 쾌검을 자랑하는 무인이기도 했지만 오래전 벌어졌던 정사대전에서 그는 선두에서 미친 듯이 검강을 뿌려 대던 괴물이다.

그리고 지금 이 새카만 검강이 바로 천위극의 이름을 알리게 만든 결정적인 계기이기도 했다.

피어오르는 새카만 검강을 보며 장룡이 혀를 내둘렀다.

'묵룡혼원강…….'

당시 저 묵룡혼원강이라 불리는 천위극의 강기에 얼마나 많은 정파의 무인들이 도륙당했던가. 그때에도 커다랬던 강기가 지금은 당시보다 두 배 이상은 길어졌다.

묵룡혼원강을 펼쳤다는 것 자체가 전력을 다하겠다는 뜻이다.

여태까지 있었던 상대의 실력을 파악하기 위한 가벼운 공격들은 오가지 않을 거라는 걸 의미했다.

공격 한 번, 한 번이 치명상이 될 것이다.

이 싸움에서 지는 자는…… 죽는다.

혁련휘를 바라보는 장룡의 시선에 걱정이 가득한 건 어쩔 수 없었다.

허나 그는 말리지 못했다.

이미 혁련휘가 자신에게 말하지 않았던가.

이길 수 있다고.

그 말은 곧 끼지 말라는 명령이기도 했다. 이런 상황에 자신이 나서서 막아선다는 건 상관인 혁련휘를 욕보이는 것이다.

그가 마른침을 삼키면서 바라보고 있는 두 사람이 마주

한 비무장.

그리고 그 순간 서로의 힘을 뽑아내던 둘이 상대방을 향해 달려들기 시작했다.

쿠웅!

소리와 함께 혁련휘의 파멸혼에 휩싸인 뇌기와, 천위극의 묵룡혼원강이 서로를 향해 집어삼키듯 날아들었다.

그렇게 두 개의 힘이 충돌하는 순간…….

둘의 주변을 시작으로 하여 비무장의 바닥을 이루고 있던 모든 돌들이 쪼개져 나가기 시작했다.

콰드드드득.

소리와 함께 두 사람을 기점으로 하여 거미줄 모양으로 산산조각이 나기 시작한 돌들이 마치 사람처럼 경련하고 있었다.

그리고 두 사람의 힘이 충돌한 지점에서부터 시작된 자그마한 바람이 이내 회오리가 되어 솟구쳐 올랐다.

쏴아아아!

돌들이 하늘로 치솟았고, 그 사이에 여전히 미동도 하지 않은 채로 혁련휘와 천위극, 두 사람이 서로를 노려보고 있었다.

그리고 그 커다란 회오리를 가르며 누군가가 먼저 날아올랐다.

혁련휘였다.

갈라져 나가는 회오리, 그렇지만 그 회오리에서 떨어져 나간 바람들이 오히려 날카로운 칼날이라도 된 듯 혁련휘를 덮치고 들어왔다.

핏핏.

둘 사이에 형성된 회오리처럼 밀려들던 바람이 폭발해 나갔다.

파아앙!

동시에 부서져 나갔던 비무장의 바닥은 그대로 뒤집어졌다.

커다란 충격에 뒤로 밀려 나가던 천위극은 흙먼지가 피어오른 전방에서 달려드는 혁련휘의 움직임을 감지했다.

충격을 몸으로 받아내는 와중에도 천위극의 눈동자가 빛났다.

번쩍!

주변을 뒤덮는 흙먼지와, 솟구쳐 오른 부서진 돌들 사이에서 느껴지는 움직임.

혁련휘의 파멸혼이 곧바로 가슴을 쪼갤 듯이 치고 들어왔다.

카앙!

둘의 병기가 다시금 맞물리는 순간 주변의 것들이 약속

이라도 한 것처럼 밀려 나갔다.

쿠르르릉!

지진이라도 난 것처럼 떨려 오는 대지.

그 사이에서 둘의 움직임이 뒤엉켰다.

혁련휘의 파멸혼이 곧바로 위로 솟구쳐 올랐고, 동시에 피어오른 불꽃이 천위극을 뒤덮었다. 갑작스럽게 터져 나온 불꽃이 자신을 노리고 들어오자 천위극은 그대로 검을 앞으로 곧두세웠다.

동시에 그의 몸 주변을 지키듯이 피어오른 검막이 불꽃을 막아 낼 때였다.

혁련휘의 파멸혼이 검막을 찢을 듯이 맹렬하게 돌진했다.

캉!

충돌하는 순간 천위극은 속이 진탕이라도 된 듯이 입으로 울컥 피를 토해 내며 밀려 나갔다. 마찬가지로 충격을 받은 듯 잠시 뒤로 밀려 나갔던 혁련휘는 곧바로 땅을 박차고 거리를 좁혀 왔다.

"어딜!"

천위극이 재빠르게 검을 움직였다. 그의 검에 맺힌 강기가 주변을 거칠게 할퀴고 지나갔다. 그리고 그런 강기의 중앙에 위치했던 혁련휘의 몸이 갑자기 사라졌다.

허나 천위극은 당황하지 않았다.

그는 재빠르게 뒤로 한 걸음 물러났다. 경험으로 인해 한 판단, 그리고 그 판단은 적중했다.

한 걸음 앞에서는 보이지 않던 사각 지역에서 혁련휘가 다가오고 있음을 확인할 수 있었던 탓이다.

타앙!

날아드는 파멸혼을 검을 눕혀 막는 것과 동시에, 그의 손바닥이 비어 있는 틈을 파고들었다.

천위극이 강하게 땅을 밟으며 손바닥에 모인 장력을 폭발시켰다.

쩌엉!

일격을 당한 혁련휘의 몸이 붕 뜨더니 뒤로 수십 걸음이나 날아갔다. 그렇지만 막상 일격을 펼친 천위극의 표정이 일그러졌다.

'전혀 피해를 입히지 못했어.'

최고의 거리라 생각했고, 곧바로 섬멸파풍장(殲滅破風掌)을 펼쳤다. 이 정도의 거리였다면 최소한 내상을 입히거나, 뼈 한두 개 정도 가루로 만들어도 이상할 게 없다.

그런데 혁련휘는 그 와중에도 팔을 들어 가슴을 보호했다. 그리고 그걸 막아 낸 팔 또한 너무나 멀쩡하다.

오히려 절대 부술 수 없는 태산을 주먹으로 친 듯한 느낌이 들어 천위극은 기분이 좋지 못했다.

'이상한 무엇인가로 몸을 보호하는군.'

풍신갑의 존재를 눈치챈 천위극의 시선이 가늘어졌다. 혁련휘에게 타격을 입히기 위해서는 저 알 수 없는 뭔가부터 부숴야 할 터였다.

커다란 소란 때문일까?

가뜩이나 사람들이 몰려 있던 이곳 비무장으로 주변을 지나가던 무인들이 속속들이 모습을 드러내고 있었다.

천위극이 양손으로 검을 움켜잡았다.

그 순간 약해져 가던 흑색 강기가 다시금 타오르기 시작했다.

검이 묵직하다.

내공의 소모가 심한 강기의 발현은 적잖은 피로감이 밀려오게 만든다.

이미 엉망으로 바뀌어 버린 비무장.

그리고 그 비무장에서 마주하고 있는 두 사람.

천위극이 강기로 뒤덮인 검을 휘둘렀다.

콰앙!

커다란 소리와 함께 강기가 떨어진 땅이 쩍 하고 갈라져 나갔다. 그리고 그것이 신호라도 된 듯이 잠시나마 소강상태가 되었던 싸움은 다시금 불이 붙었다.

둘의 검과 도가 서로를 향해 연신 달려들었다.

캉캉캉캉캉!

수십 차례를 뒤섞이던 서로의 무기는 한 치의 양보도 없이 상대의 목숨을 노리고 움직였다.

회전하며 휘둘려진 혁련휘의 파멸혼이 천위극의 무릎을 베고 지나갔다. 그러자 질세라 천위극 또한 혁련휘의 옆구리에 자신의 검을 쑤셔 넣었다.

무릎을 베며 회전했던 혁련휘는 그 공격을 파멸혼의 끝으로 간신히 밀어냈다. 그렇지만 그 순간 강기가 폭발하듯 터져 나갔다.

간격 안에 있던 혁련휘의 몸이 튕겨져 나가 바닥을 굴렀다.

허나 그는 재빠르게 자리를 박차 오르며, 천위극이 달려들면서 휘두른 공격을 받아 냈다.

카카캉!

검을 받아 내던 혁련휘가 재빠르게 발로 그의 무릎 안쪽을 찼고, 균형이 살짝 무너진 천위극의 얼굴을 주먹으로 후려쳤다.

그대로 얼굴에 주먹을 맞은 그가 피를 뿌리며 밀려 나갔다.

그렇지만 천위극 또한 그냥 당하지만은 않았다. 안면에

일격을 허용하고 밀려 나가던 그때 재빠르게 검을 휘둘러 혁련휘의 팔뚝을 그어 버린 것이다.

찢겨져 나간 옷 사이로 드러난 혁련휘의 팔에 긴 혈선이 생겨져 있었다.

팔에 생긴 부상으로 인해 움직임이 아주 조금 멈칫하는 그 순간을 천위극은 놓치지 않았다. 그의 검에서 쏟아져 나온 묵룡혼원강이라는 강기가 혁련휘를 덮치고 들어왔다.

쏴아아!

밀려드는 강기를 혁련휘가 황급히 막아섰다.

그렇지만 새카만 어둠이 그를 집어삼켰다.

'지금이 기회다!'

수많은 경험을 지닌 천위극이었기에 지금 이 순간이 치명타를 줄 절호의 기회라는 걸 눈치챘다. 그의 몸에서 폭발하듯 내공이 터져 나왔다.

검은 강기가 연신 혁련휘를 향해 떨어져 내렸다.

하늘을 뒤덮은 강기의 가닥들.

실로 놀라운 무위가 아닐 수 없었다.

이 싸움을 구경하고 있던 무인들의 낯빛이 흐려지는 건 그 때문이었다. 저토록 많은 강기에 집어삼켜지고도 살아남는 게 가능해 보이지 않았으니까.

강기가 비처럼 쏟아져 내렸다.

하늘에서 떨어져 내리는 검은 비, 그렇지만 그것이 지니는 파괴력은 가히 폭발적이었다.

쿠콰콰콰쾅!

멀찍이 떨어져서 싸움을 구경하던 무인들조차도 기겁을 하고 수십 걸음 이상은 도망쳐야 할 정도로 커다란 위력이 한 곳으로 집중해서 떨어져 나갔다.

쩌저적.

멀찍이 떨어져 있던 비무장의 외벽들이 갈라졌다.

직접적으로 충격을 받은 것도 아닌 그저 그 기운이 퍼져 나간 것만으로도 수십 장 너머에 위치한 담장이 버텨 내지 못했다.

그러니 막상 그 제대로 된 강기를 모두 받은 혁련휘의 상황이 어떻겠는가?

도망치듯 피해야만 했던 모든 무인들의 시선이 강기에 직격당했을 혁련휘가 서 있는 곳을 향해 움직였다.

이미 그곳은 엉망이었다.

땅이 파헤쳐진 것은 당연지사고, 그 형상을 알아보기 힘들 정도로 주변은 박살이 난 상황이었다.

땅은 마치 수십 개가 넘는 벽력탄이라도 터진 것처럼 울퉁불퉁했고, 깊숙한 구덩이가 수도 없이 생겨난 상황이다.

어마어마한 내력을 쏟아낸 천위극의 얼굴로 비 오듯 땀

이 흘러내렸다.

그가 이마에 흐르는 땀을 소매로 닦아 내며 거친 숨을 몰아쉬었다.

"헉헉."

하나만 다루는 것만으로도 극심한 내력을 소모하는 강기. 그것을 있는 힘을 다해 쥐어짰으니 지치는 건 당연하다.

지친 기색이 역력하긴 했지만, 천위극의 얼굴엔 자신감 또한 넘쳤다.

이 싸움은 이겼다.

묵룡혼원강 수십 개를 동시에 뿜어냈다. 이걸 견뎌 낼 수 있을 리가 없다.

그리고 이런 확신은 경험에서 우러나왔다.

예전에도 이 같은 일이 있었으니까.

수십 년 전 정사대전을 펼쳤던 그때도 천위극은 이 같은 무위를 뽐낸 적이 있다.

위험에 처했던 마교의 무인들을 구하기 위해 수하들을 이끌고 급히 참여했던 함녕대혈전(咸寧大血戰)이라 불리는 그 전투에서 말이다.

그곳에서 벼랑 끝까지 몰렸던 그들을 위해 천위극은 수십 개의 묵룡혼원강을 쏟아 낸 적이 있다.

그리고 그때의 결과는?

오대세가의 무인들로 이루어졌던 광명회(光明會) 전원을 도륙했다.

그 싸움으로 인해 정파 무인들에게 천위극은 공포의 대명사로 떠오르기도 했었다.

천위극은 엉망이 되어 버린 땅을 바라보며 자신도 모르게 웃음을 터트렸다.

“하, 하하하!”

내력을 쥐어짠 탓인지 전신이 무겁다.

그런데도 불구하고 이상하게 기분이 좋았다. 이토록 시원하게 모든 내력을 쏟아 부었던 것이 과연 언제가 마지막이었던가.

이제 기억도 나지 않을 정도로 오래되었다.

정사대전이 끝나고 마도천하의 시대가 오며 천위극은 점점 무인보다는 정치와 가깝게 살았다. 싸울 일이 없었고, 그만큼 무인으로서의 투쟁심도 사라져 갔다 여겼다.

그렇지만 아니었다.

수십 년 만에 전력을 다하는 그 순간 죽었다 생각했던 무인으로서의 감각이 모두 깨어나고 있었다.

웃고 있던 천위극이 검을 고쳐 잡았다.

방금 전이라면 몰랐을 것이다.

그렇지만 이제는 안다.

모든 무인의 감각이 깨어난 지금, 천위극의 얼굴에 걸려 있던 미소가 점점 사라져 간다.

그가 엉망이 된 땅을 바라보며 서서히 입을 열었다.

“나오시지요. 아직 살아 계신 거 다 압니다.”

혁련휘가 죽었을 거라며 웅성거리던 주변의 무인들은 천위극의 입에서 나온 그 한마디에 당황한 듯 그에게로 시선을 돌렸다.

그리고 천위극의 말이 떨어지기 무섭게, 깊게 파인 땅바닥이 움찔거렸다.

동시에 깊게 파인 구덩이 안의 흙들이 점점 밀려 나가며 그 안에서 무엇인가가 일어나고 있었다.

쏴아아아.

밀려 나가는 흙들이 주변으로 떨어져 내렸다.

그렇게 흙더미 사이에서 일어난 것, 그건 바로 혁련휘였다.

입가에 묻은 피, 그리고 전신의 옷은 강기에 휩쓸린 탓에 엉망이 되어 있는 모양새다. 그렇지만 이토록 커다란 강기의 폭풍에 휩싸인 사람이라고는 믿을 수 없을 정도로 경미한 부상이다.

혁련휘가 머리에 묻은 흙을 손으로 털어 내고는 중얼거

렸다.

"제법이군."

제법이라는 말에 천위극의 입꼬리가 미묘하게 떨렸다.

제법이라고? 고작 그런 말로 표현할 정도의 공격이었단 말인가. 치명상을 넘어, 승패를 결정지어도 전혀 이상할 것 없는 공격이었다.

그런데 혁련휘가 입은 타격이라고는 고작 가벼워 보이는 잔부상 몇 개가 전부였다.

혁련휘가 살아 있음은 눈치챈 천위극이다.

그렇지만 이 정도로 멀쩡할 것까지는 예상하지 못했다.

'……해도 너무하는군그래.'

우습게도 공격을 받은 혁련휘보다, 자신이 더 상태가 나빠 보이기까지 할 지경이다.

허나 그런 복잡한 속내를 드러내지 않고 천위극은 짐짓 여유로운 미소를 지어 보였다.

"절대십마라는 위명을 거저먹은 건 아니지요."

"어찌 됐든 슬슬 마무리는 지어야지? 나도 너무 오래 자리를 비운 것 같아서 말이야."

혁련휘의 말에 천위극 또한 고개를 끄덕였다.

그가 그리 말하지 않았어도 이미 엄청난 내력을 쏟아 부은 상황이다.

길게 가져가기보다는 속전속결로 이 싸움을 끝내야만 하는 입장인 셈이다.

혁련휘의 파멸혼에 잦아들었던 뇌기가 밀려오기 시작했다. 그리고 그런 그의 힘에 대적하기 위해서인지 천위극 또한 다시금 없는 내력을 쥐어짜며 묵룡혼원강을 뿜어내고 있었다.

'그 많은 강기를 받고도 멀쩡한 자다. 지금의 내 힘으로 대공자를 이기기 위해서는…… 직접 사지를 찢는 수밖에.'

자신 있는 강기와 쾌검.

어울리지 않는 조합이긴 하지만 동시에 해낸다.

구덩이 안에 있던 혁련휘가 솟구쳐 올랐고, 동시에 천위극 또한 약속이라도 한 듯이 그를 향해 몸을 날렸다.

둘의 거리가 손을 뻗으면 닿을 정도로 순식간에 가깝게 맞닿았다. 그리고 둘의 무기가 서로를 향해 재빠르게 밀려들었다.

혁련휘가 내력을 파멸혼에 집중시키자 도신 주변을 감싸던 뇌기가 폭발하듯 뿜어져 나왔다.

쿠우웅!

두 개의 힘이 부닥치는 순간 들려오는 웅장한 소리.

그렇지만 거기서 끝이 아니었다.

묵직한 충격이 주변으로 퍼져 나가며 눈을 뜨기 힘들 정도의 흙먼지가 주변을 뒤덮었다. 손목이 부러질 정도로 아팠고, 절로 검을 놓칠 정도의 뇌기가 전신으로 밀려들었다.

그렇지만 천위극은 거기에서 물러서지 않았다.

'죽인다.'

그저 그거 하나만을 위해 천위극의 검이 움직였다. 단순한 움직임. 그렇지만 그로 인해 더욱 빠른 속도를 가지게 된다.

강기에 휩싸인 검이 매서울 정도로 빠르게 연신 밀려들었다.

카캉!

한 번 충돌할 때마다 주변이 터져 나갔거늘, 빠른 검술로 몰아치는 천위극의 움직임으로 인해 이미 엉망이 된 비무장이 더더욱 박살이 나고 있었다.

둘의 움직임에 따라 주변에 있던 무인들은 더욱 멀찍이 물러서야만 했고, 간신히 버티고 있던 멀리 떨어진 담장이 결국은 둘의 힘을 견뎌 내지 못하고 가루가 되어 무너져 내렸다.

촤르르륵! 촤악!

마구 휘둘러지는 검, 그렇지만 천위극의 검은 강기를 버텨 내지 못했다. 희귀한 철로 만들어진 탓에 뛰어난 강도를 자랑하는 검이었지만 결국 검이 부서져 버렸다.

허나 그건 이미 상관없었다.

강기가 부서진 검날을 대신해 그 자리를 견고히 지키고 있었으니까.

의지가 이미 검이 되는 경지.

천위극은 그런 수준의 고수였다.

베이지 않았는데도 불구하고 두 명의 힘에서 뿜어져 나온 기운으로 인해 서로의 몸에서 피가 터져 나오기 시작했다.

혁련휘의 어깨는 긴 검상과 함께 피가 솟구쳐 올랐고, 질세라 천위극의 가슴 부분에서도 십(十)자 형태로 베어져 나갔다.

공격 사이사이에 섞인 강기의 기운들이 서로를 베고 지나간 것이다. 그렇지만 치명상이 아닌 지금 그런 자잘한 공격들까지 신경 쓸 수 있을 정도로 여유로운 상황이 아니었다.

백중세에 가까운 모습.

그렇지만 그 균형이 조금씩 무너지기 시작했다.

밀려오는 천위극의 검을 파멸혼이 밀쳐 냈다. 동시에 비어 버린 가슴. 그 가슴을 향해 혁련휘의 손이 움직였다.

뇌기에 감싸인 손이 파고들었다.

뇌신강림!

뇌신의 힘이 정확하게 천위극의 가슴에서부터 전신을 집어삼켰다.

혁련휘가 손바닥이 가슴을 쳐 내는 순간 천위극의 몸이 활처럼 휘며 피를 토해 냈다. 피를 토하며 앞으로 쏠린 무게 중심을 보며 혁련휘는 곧바로 파멸혼의 손잡이로 천위극의 어깨를 찍었다.

쓰러지려는 천위극을 향해 혁련휘가 손을 내뻗었다.

파악!

천위극의 목을 움켜잡은 혁련휘가 그를 번쩍 들어 올렸다.

"크윽!"

짧은 비명과 함께 천위극은 공중에 들린 상태로 발을 휘둘렀다.

휙휙.

재빠른 세 번의 발차기. 그 공격을 혁련휘는 예상이라도 하고 있었다는 듯이 고개를 틀어 피해 냈다. 그리고 동시에 쥐고 있던 손에 다시금 뇌기를 뿜어냈다.

천위극은 마치 벼락이라도 맞은 듯 부르르 떨기 시작했다.

"커억! 컥컥컥!"

떠는 그의 입에서는 피와 침이 뒤섞여 쏟아져 나왔다. 허나 그렇게 고통에 휩싸인 와중에서도 천위극은 일격을 가했다.

그의 손에 들려 있던 검이 자신의 목을 움켜쥐고 있던 혁련휘의 팔을 찌르고 든 것이다.

휘익!

사각지대에서 접근한다 생각했지만 그 또한 혁련휘가 눈치를 챘다. 천위극을 가볍게 위로 휙 띄우며 급히 손을 거둔 탓에 아슬아슬하게 검이 스치고 지나갔다.

다시금 얇은 핏줄기 하나가 허공으로 솟구치는 것과 동시에 혁련휘의 계산대로 잠시나마 더 위로 떠올랐던 천위극의 몸이 떨어져 내리고 있었다.

빙그르르!

허공을 한 바퀴 회전한 혁련휘의 손에 들려 있던 파멸혼이 빠르게 떨어져 내렸다.

그리고 그 파멸혼이 지나쳐 가는 그 자리에서 굵은 핏방울이 쏟아져 나왔다.

콰드득!

뼈가 부러지는 소리와 함께 베어 버린 천위극.

천위극은 어깨에서부터 해서 옆구리까지 이르는 기다란 상처와 함께 주춤거리다 결국 무릎을 꿇고야 말았다.

털썩.

쏟아지기 시작한 피가 멈출 줄을 모르고 연신 터져 나왔다.

팔로 그 긴 부상을 감싸 안았지만 그걸로 될 턱이 없었다.

천위극은 자신도 모르게 히죽 미소를 지었다. 그렇게 드러난 그의 이빨 또한 이미 피로 번들거렸다.

'내가…… 졌구나.'

이미 온몸의 감각들이 비명을 질러 대고 있다.

그리고 마지막에 허용한 큰 타격까지. 이건 더는 싸움을 이어가지 못할 정도의 부상이다.

숨이 턱 끝까지 치민다.

당장이라도 숨이 넘어가도 이상할 것 없는 상처.

그럼에도 불구하고 천위극은 자신의 앞으로 다가온 사내를 올려다봤다.

'대공자…….'

실로 대단한 사내다.

이토록 젊은 나이에 절대십마의 하나인 자신을 꺾을 정도의 무위라니.

그랬기에 천위극은 웃음이 나왔다.

다행이었다.

모든 계획을 망친 자가 이 정도의 사내라서. 자신이 인정할 수밖에 없는 사내라 말이다.

자신이 죽을 거라는 걸 천위극은 직감했다.

그렇지만 후회는 없었다.

자신은 최고가 되고 싶었고, 그러기 위해 싸워 왔을 뿐이니까.

최고가 되고자 했던 마음에 벌였던 많은 일들.

그 안에는 분명 옳지 않은 일들도 가득했다는 걸 천위극 또한 잘 알고 있었다.

어느새 모여들기 시작하여 이제는 수백 명이 넘어버린 무인들의 눈동자가 느껴진다. 그랬기에 한편으로는 마음에 든다.

자신의 죽음이 그리 초라하지 않은 것 같아서.

마지막 적수를 눈앞에 두고 목숨을 건 일대 승부를 벌였다.

무인으로서 살며 언젠가 다른 이의 손에 죽을지도 모른다는 걸 항상 생각하며 살아온 삶이다.

비록 실패하긴 했지만 천하를 가져 보고자 했던 화려한 인생.

아무런 미련도…… 없다.

점점 작아지는 숨소리를 들으며 혁련휘가 차갑게 물었다.

"약속은?"

천위극이 말했었다.

자신과의 싸움에서 만약에 혁련휘가 이긴다면 동생 혁리원이 죽게 된 것에 가장 결정적인 역할을 한 인물에 대해 단서를 주겠다고.

그리고 혁련휘는 지금 그 대답을 듣고자 하고 있었다.

혁련휘의 말에 천위극은 힘겹게 고개를 끄덕였다.

무인으로서 한 약속.

천위극은 죽어 가는 와중에도 자신이 한 약속을 지키기 위해 서서히 입을 열었다.

"소교주님을 죽게 한 건……."

허나 천위극의 말은 이어지지 못했다.

스윽.

들려오는 미약한 소리. 그렇지만 그걸 듣는 순간 천위극을 내려다보고 있던 혁련휘의 눈동자가 크게 떠졌다.

천위극의 뒤편에서 정말 눈에 보이지 않을 정도의 얇은 실 하나가 빠르게 날아들며 그의 목을 스치고 지나간 것이다.

혁련휘조차 눈치채기 힘들 정도의 기민한 움직임.

그리고 그 순간 입을 열고 있던 천위극의 목이 툭 하고 떨어져 내렸다.

그 얇은 실 같은 무엇인가가 천위극의 목을 베어 버린 것이다.

마치 아무런 말도 하지 못하게 하려는 듯이.

잘려져 나뒹구는 천위극의 목.

그 순간 혁련휘가 재빠르게 손을 뻗어 사라지려는 실을 움켜잡았다.

피잇!

손바닥에서 피가 터져 나갔다. 그렇지만 혁련휘는 그 실이 어디로 향해져 있는지를 알아내려는 듯이 급히 팽팽하게 만들기 위해 잡아당겼다.

허나 상대는 생각보다 영특한 자였다.

잡아당기는 그 순간, 이미 그 얇은 실은 끊어진 상태였다. 바람을 타고 흐르듯이 날아드는 실. 그런 실의 움직임으로 상대가 어디에서 이 같은 암수를 펼쳤는지 알아내는 건 불가능했다.

혁련휘가 힘없이 끌려온 얇은 실을 보며 이를 갈았다.

"망할!"

대체 누구인가?

알아차리지 못할 정도의 움직임으로 이토록 가까운 곳에 위치한 천위극의 목을 베어 버린 암살자는.

그리고 그런 혁련휘의 모습을 아주 멀리에서 바라보고

있는 한 명의 인물이 있었다.

나무 뒤에 숨은 채로 혁련휘가 있는 곳을 바라보던 인물. 어둠 속에 가려진 그의 입에 웃음이 번져 나갔다.

'아직은 대공자 그대가 그걸 알아선 안 되거든.'

11장. 소패왕

— 이를 어찌하면 좋겠소

하룻밤 사이에 너무도 많은 일이 벌어졌다.

가짜 소교주의 정체를 발견한 대공자 혁련휘에게 교주는 엄청난 권력을 실어 줬다. 더군다나 소교주가 죽었다는 사실도 드러나며 혁련휘는 하나뿐인 교주의 핏줄이 되어 버렸다.

그것만으로도 이미 시끄러운 마교였거늘, 그 날 새벽 벌어진 엄청난 대결이 다시금 내부를 혼란하게 만들었다.

천위극이 탈옥을 하여 혁련휘에게 일생일대의 대결을 건 것이다.

오래전 정사대전의 영웅 중 하나인 그이자, 절대십마의

위치에 있던 천위극과 혁련휘의 싸움. 그 승자가 천위극일 거라 예상하는 게 당연하다.

허나 결과는 정반대였다.

천위극은 혁련휘에게 완전히 패해 버리고야 말았다.

더군다나 그걸 직접 눈으로 본 무인들의 숫자가 수백을 넘어서니 이 일의 진위 여부를 확인하는 건 그리 어려운 일이 아니었다.

절대십마 중 하나인 천위극의 패배.

그리고 그것은 새로운 절대십마의 탄생을 의미하는 것이기도 했다.

절대십마의 한 명인 천위극을 꺾었으니, 수많은 이들이 그 자리에 혁련휘를 올려놓게 된 것이다.

소패왕(小覇王).

젊은 패왕이라는 뜻으로 사람들은 혁련휘를 그리 부르기 시작했다.

소패왕이라는 위명이 마교를 집어삼키기 시작한 며칠 동안. 혁련휘는 몇 가지 일을 제외하고는 크게 바깥 외출을 자제하고 자신의 방에 기거하고 있었다.

그 이유는 다름 아닌 비설 때문이다.

나흘 가까이를 죽은 듯이 잠만 자고 있는 비설의 옆자리를 혁련휘는 계속해서 지켰다.

말없이 그저 옆자리에 함께해 주며 비설의 상태를 확인하는 것이 혁련휘의 가장 중요한 하루 일과였다.

의원을 통해 내상이 놀랍도록 호전되었다는 사실이 그나마 안심이긴 했지만, 그녀는 아직까지도 일어날 줄을 모르고 있었다.

비설이 쉬고 있는 침상에서 다소 떨어진 곳에 위치한 탁자에 혁련휘와 환야가 마주하고 있었다.

가능하면 비설에게 방해가 되고 싶지 않다며 방 안에서 최대한 대화를 나누지 않는 혁련휘다. 그렇지만 몇 가지 중요한 일들은 자리를 비우기보다는 환야에게 시켜 진행하고 있었기에, 지금은 부득이하게 대화를 나눠야만 했다.

혁련휘가 먼저 이야기를 꺼냈다.

"이장(移葬) 준비는?"

"거의 다 마무리된 단계입니다. 이틀 후에 절차를 마무리 지을 수 있을 것 같습니다."

천위극을 비롯한 칠대천들의 힘을 빼앗기 무섭게 혁련휘가 가장 먼저 준비한 일은 다름 아닌 죽은 동생 혁리원의 무덤을 새롭게 만드는 것이었다.

마교 외부에 초라하게 만들어진 무덤.

그 무덤을 내부에 있는 묘지로 이장할 준비를 하고 있었다.

좋은 장소와 큰 사당도 이미 준비가 되어져 있었기에 괜찮은 날만 받아서 관을 옮기기만 하면 될 일이다.

환야에게 보고를 들은 혁련휘가 고개를 끄덕였다.

이장 준비가 끝나 간다는 말을 듣자 혁련휘는 한결 마음이 놓였다.

'이제야 네 자리를 찾아 줬구나.'

이름 하나 제대로 적지 못했던 무덤이었다.

그런 무덤에 혁리원이라는 이름 석 자 하나 박아 주는 것이 너무 오래도 걸렸다.

쉽지 않은 일이었음에도 불구하고 혁련휘는 미안한 마음뿐이었다. 보다 빠르게 그의 장례를 성대하게 치러 주지 못했다는 사실에 대해 말이다.

물론 아직 끝은 아니다.

이제야 혁련휘가 손에 힘을 쥐고 혁리원의 죽음과 관련된 이들을 하나씩 파헤치고 있는 상황이니 말이다.

아직 가야 할 길은 멀고도 멀었다.

'천위극의 마지막 말을 듣기만 했다면 보다 빠르게 놈들을 찾아낼 수 있었는데…….'

천위극이 눈앞에서 죽어 버린 순간 단서는 사라졌다.

그렇지만 그가 죽어 버린 지금 그 일로 계속해서 아쉬워만 하고 있을 순 없다.

혁련휘는 나름 자신만의 방법으로 그들의 뒤를 다시 캐고 있었다.

그리고 죽은 천위극의 집무실의 모든 자료들을 가져와 속속들이 확인하고 있다고 하니 거기서 뭔가 단서가 나올지도 모르는 일이다.

물론 입을 막기 위해 은밀하게 천위극을 제거까지 할 정도의 치밀한 이들을 상대로 그럴 가능성은 거의 희박하겠지만.

혁련휘가 물었다.

"더 보고할 건?"

"딱히 없습니다. 몇 가지 알아보라고 하신 것들은 비파월을 통해 조사 중이니 뭔가 단서가 나오면 곧바로 말씀드리지요."

"알았어. 그럼 나가 봐."

말을 마친 혁련휘가 의자에서 일어나 비설이 잠들어 있는 침상 머리맡에 위치한 자리로 이동하려고 할 때였다.

그를 향해 환야가 걱정스레 말했다.

"교대해 드릴까요?"

천위극이 죽은 그 날부터 지금까지.

절대십마의 일인과 싸운 그 날조차도 혁련휘는 비설의 옆자리를 지켰다. 걱정되는 마음은 알지만 그렇게 무리를 하다 혁련휘의 몸 또한 상할까 환야는 걱정이 되는 모양이었다.

그런 환야의 말에 혁련휘가 고개를 저었다.

"괜찮아."

정확하게 말로 표현하긴 힘들지만 비설이 이 긴 잠에서 깨어나는 그 순간을 함께해 주고 싶었다.

조심스러운 제안을 혁련휘가 거절하자 환야는 고개를 끄덕였다. 그가 그러겠다고 한 이상 환야 또한 더는 할 말이 없었다.

"알겠습니다. 그럼 전 물러가지요."

말을 마친 환야가 방을 빠져나갔다.

이미 어둑어둑해진 지 한참은 지난 시간. 혁련휘는 비설의 머리맡에 놓아둔 의자에 기대어 앉은 채로 그녀를 말없이 내려다봤다.

내상뿐만이 아니라 외상도 몰라볼 정도로 호전된 상태지만 그래도 아직까지 깨지 않는 비설을 보고 있노라면 걱정이 인다.

'너무 오래 기다리게 하는구나.'

항상 웃고 다니는 그녀의 얼굴이, 언제나 기운이 나게 해 주는 그 목소리가 듣고 싶다.

어둠이 가득한 방 안에서 혁련휘는 그렇게 말없이 비설

이 일어나기만을 기다리고 있었다.

혁련휘는 걷고 있었다.

그는 알지 못했다.

지금 자신이 걷고 있는 곳이 어디인지, 그리고 어디를 향해 가고 있는지도.

한참을 걷던 혁련휘가 문득 정신을 차렸다.

그가 주변을 두리번거렸다.

그저 새카맣기만 한 공간. 아무것도 없고, 아무것도 느껴지지 않는다.

"여긴……?"

분명 방금 전까지만 해도 비설의 옆자리를 지키고 있었던 자신이다. 그런 자신이 갑자기 왜 이런 곳에 있는지 이해가 가지 않았다.

알 수 없는 지금의 상황에 혁련휘가 뒤쪽으로 시선을 돌렸을 때였다.

"형님."

들려온 목소리에 혁련휘가 움찔하고는 천천히 그 소리가 난 방향으로 고개를 돌렸다. 그곳엔 아주 오래전 보았던 동생 혁리원이 자리하고 있었다.

그가 그곳에 서서 자신을 바라보고 있다.

혁리원을 보는 순간 혁련휘는 확신할 수 있었다.

지금 자신이 꿈을 꾸고 있다는 것을. 그 사실을 알면서도 혁련휘는 천천히 혁리원을 향해 걸음을 옮겼다.

거리가 가까워진 형제가 서로를 바라보고 있는 그때. 혁리원이 먼저 웃으며 말을 꺼냈다.

"형님, 고맙습니다."

"……고맙긴 뭐가 고맙다는 말이냐."

"제 시신 거두어 주셔서요. 형님이 없었으면 제 죽음은 평생 묻혔을 겁니다. 아마 시신조차 남아 있지 않았겠지요. 형님이 계셨기에 작게나마 무덤을 가질 수 있었고, 이제는 모든 진실이 드러나면서 묘비에 제 이름 석 자 새길 수 있게 되지 않았습니까."

"그거 가지고 뭘. 아직 제대로 된 복수는 시작도 안 했는데."

혁련휘의 무뚝뚝한 대답에 혁리원은 고개를 끄덕이며 대꾸했다.

"압니다. 형님이 이 정도로 멈추실 분이 아니라는 걸요. 제 복수를 위해 끝까지 가실 거라는 걸 너무나 잘 압니다."

"그래, 네 말대로야. 이제부터 본격적인 복수가 시작될 거니까, 넌 그냥 네 영전 앞에 바쳐질 그들의 피로 한 풀면 그만이야."

혁련휘가 목소리에 힘을 주어 말했다.

지금 말한 대로다.

혁리원을 죽게 만든 그자들을 모두 찾아내 그 대가를 치르게 할 것이다.

죽은 혁리원의 영혼을 그들의 목숨으로 달래 줄 생각이었다.

그런 혁련휘의 확신 어린 말에 그저 미소만으로 대답하던 혁리원이 이내 말을 이었다.

"형님, 아무래도 전 이만 가야 할 것 같습니다."

가 봐야 할 것 같다는 말에 혁련휘의 표정이 살짝 굳었다. 비록 꿈이라고는 하지만 그와의 만남이 무척이나 반가웠던 탓이다.

아무런 내색 없이 그저 서 있는 혁련휘를 향해 혁리원이 말했다.

"사실 떠나게 돼서 걱정 많이 했습니다."

"걱정?"

"예, 형님 성격 때문에 아무도 옆을 지켜 주지 않을까 봐요."

"내 성격이 왜?"

"그냥 뭐……."

"왜 얼버무려?"

"하하. 솔직히 말하면 화내실 거잖습니까."

크게 웃으며 말하는 혁리원의 모습에 혁련휘가 기가 차다는 표정을 지어 보였다.

이 녀석은 현실에서도 그러더니만 죽은 지금 꿈에 나타나서도 이토록 농담인지 진담인지 모를 말로 자신의 속을 벅벅 긁어 댔다.

여전히 웃는 얼굴로 혁리원이 슬그머니 말을 이었다.

"그래도 이제 다행입니다."

"성격이 나쁘다는 식으로 말하더니 갑자기 뭐가 다행이라는……."

"형님 곁에 새로운 사람이 있어 줘서요. 절 대신해 줄 그런 사람이 있어서…… 제가 맘 편히 갈 수 있을 것 같습니다."

무덤덤하지만 한편으로는 아쉽고, 또 한편으로는 기뻐 보이는 말투.

그런 혁리원의 말에 혁련휘가 물었다.

"비설을 말하는 거냐?"

"예, 제 무덤 앞에서 향을 피우던 그 아리따운 여성분이요. 그분이 말하셨잖습니까. 이제 형님의 옆은 자신이 지키겠다고. 그러니까 전…… 편히 쉬라고요."

혁리원의 말에 혁련휘는 이번 임무를 위해 떠나기 직전

그가 묻힌 묘에 비설과 함께 갔던 일이 떠올랐다.

당시 그녀가 했던 말들과 행동들.

비설을 떠올리며 가만히 서 있는 혁련휘를 혁리원이 웃는 얼굴로 가볍게 밀었다.

마치 등을 떠미는 듯이 밀며 혁리원이 말했다.

"그분에게 어서 가시지요. 이제 그만 형님을 보내드려야 할 때가 온 것 같습니다."

"너는……."

그 순간 혁련휘의 앞에 있던 혁리원의 모습이 거짓말처럼 흐릿해져 가기 시작했다.

사라져 가는 와중에도 혁리원은 여전히 웃는 얼굴로 말을 이었다.

"몸조심하세요, 형님. 어디에 있든 전 언제나 형님을 응원하겠습니다."

"원아!"

소리치는 혁련휘를 향해 혁리원이 인사라도 하듯이 가볍게 손을 휘휘 저어 보이며 말했다.

"형님, 어서 가시라니까요. 그분이…… 형님을 기다리고 있습니다."

그 말과 함께 새카맣던 어둠이 밀려 나갔다. 그리고 동시에 감고 있던 혁련휘의 눈이 번쩍 뜨여졌다.

언제부터인지 모르겠지만 자신도 모르게 비설이 누워 있는 침상에 엎드려 잠에 빠져 있었던 모양이다.

혁련휘가 엎드려 있던 자세에서 천천히 몸을 일으켜 세울 때였다.

상체를 일으켜 세우던 혁련휘가 움찔했다.

누워 있어야 할 비설의 얼굴이 보이지 않는다. 곧게 뻗은 허리가 침상 머리맡에 기대어 있는 걸 확인한 혁련휘의 시선이 이내 그쪽으로 향했다.

그리고 그곳에서는 머리맡에 기대어 앉은 채로 자신을 바라보고 있는 한 여인이 있었다.

비설 그녀가 웃는 얼굴로 혁련휘를 바라보고 있었다.

"너……."

혁련휘의 목소리가 떨려 왔다.

자신을 바라보고 있는 그녀의 생기 어린 눈동자.

벌써 낮이 되었는지 창을 통해 밀려들어 오는 햇살. 그리고 그 햇살을 받으며 앉아 있는 비설이 웃는 얼굴로 입을 열었다.

"일어나셨어요? 형님."

비설의 목소리는 듣는 순간 혁련휘는 자신도 모르게 그녀를 와락 껴안고야 말았다.

침상에 반쯤 몸을 굽힌 채로 비설을 끌어안은 혁련휘가

눈을 꼭 감은 채로 그녀의 체온을 느끼고 있었다.

갑작스럽게 자신을 껴안는 혁련휘의 행동에 비설은 품에 안긴 채로 얼굴이 붉게 달아올랐다. 그렇지만 그녀는 용기를 내서 아래에 있던 손을 들어 올렸다.

그러고는 마찬가지로 자신을 안은 혁련휘의 등을 부드럽게 감쌌다.

닿아 오는 따뜻한 체온.

이건 꿈이 아니다.

그녀가…… 깨어났다.

비설이 혁련휘에게 강하게 안긴 상태에서 웃으며 입을 열었다.

"형님, 숨 막혀요."

* * *

혁련휘가 마교를 장악해 나가는 그사이.

반대편에 섰던 대표적인 세력들은 큰 위기에 봉착할 수밖에 없었다.

이미 완벽히 후계자 구도가 정해졌고, 반대파를 이끌던 천위극도 죽었다.

상황이 좋을 리가 없었다.

그런 지금의 상황을 타개하기 위해 혈뢰주가의 가주 주석인은 손을 잡고 있던 칠대천들을 다급히 불러 모았다.

신검백가 가주 백천기와, 백화방 방주 하약란이 주석인이 부른 정자에 자리했다.

아직 추운 날씨였기에 정자를 감싸고 있는 자그마한 연못은 꽁꽁 얼어 있었다. 그리고 커다란 정자에는 바람을 막을 용도로 처진 푸른색 천이 너풀거렸다.

한자리에 모인 그들의 대화가 시작됐다.

"내 천 가주 그자가 그리 자신 있게 나설 때부터 뭔가 불안하다 싶었네."

훌륭한 계획이라고 손뼉을 쳤던 주석인은 상황이 바뀌자 곧바로 자신이 언제 그랬냐는 듯이 발뺌을 하기 시작했다.

그런 주석인의 태도가 꼴불견이긴 했지만 두 사람 모두 그런 속내를 내비치진 않았다. 묵룡천가가 무너진 지금 그나마 셋 중에 가장 커다란 세력을 지닌 이가 주석인이다.

물론 모든 무력 단체가 해산된 지금 누구의 힘이 더 센가를 말하는 것도 우습긴 했지만 말이다.

주석인이 물었다.

"천룡신방에서는 아무런 연락이 없는가?"

"그들이야 아쉬울 게 없는데 여기 올 리가 없지 않습니까. 상황이 이리되었는데요."

백천기가 답답한 어투로 대꾸했다.

천룡신방은 그나마 중도를 지키고 있던 이들이다. 물론 거의 천위극과 손을 잡은 상황이긴 했지만 방파 내부의 일로 인해 마교를 비우고 있다 보니 그 적의를 드러내기도 전이었다.

덕분에 그들로서는 지금의 이 회합에 자신들이 껴야 할 이유가 없었다.

적어도 표면적으로 그들은 혁련휘에게 적의를 드러낸 이들이 아니었으니까.

천룡신방으로서는 태세 전환을 하는 게 당연한 결과다.

주석인이 고개를 저으며 중얼거렸다.

"박쥐 같은 자식들."

그들을 탓하고는 있지만 사실 입장이 바뀌었다면 여기 있는 모두 또한 그런 선택을 했을 것은 자명한 노릇.

침묵하고 있는 일행들 사이에서 하약란이 조심스레 물었다.

"그래서 주 가주님께서는 어쩌실 생각이신지요?"

모든 마교의 권력가들조차도 숨죽여 지내는 요즘이다. 가뜩이나 대공자에게 밉보인 자신들이 괜한 행동을 했다가는 본보기가 될지도 모른다.

숨을 죽이고 지내야 한다는 건 알지만, 그렇다고 해서 이

대로 죽은 듯이 있다가는 정말로 영영 예전의 영광을 잃게 될지도 모른다.

주석인이 조심스레 입을 열었다.

"배를…… 갈아타야 되지 않겠는가."

"대공자의 밑으로 들어가자 이 말이십니까?"

"그렇다네."

"그가 받아 줄까요?"

"쉽진 않겠지."

주석인과 하약란이 대화를 주고받는 걸 듣고 있던 백천기가 둘 사이에 끼어들었다.

"대공자의 성품을 모르십니까? 그는 결코 물러서지 않을 겁니다."

"정공법으로 나가면 당연히 승산은 없지. 허나…… 아예 방법이 없는 건 아닐세."

말을 내뱉는 주석인의 표정이 의미심장하게 변했다. 그런 그의 말투와 표정에서 뭔가 생각해 둔 계책이 있음을 눈치챈 백천기가 황급히 물었다.

"생각해 두신 비책이라도 있으신 겁니까?"

"하나 있긴 하지."

"그게 뭡니까? 뜸 들이지 말고 말씀해 주시지요."

지금 같은 상황이라면 썩은 동아줄이라도 잡고 싶은 것

이 사람의 심정인 법.

조금이라도 가능성이 있다면 그것에 모든 걸 걸어야 할 상황. 그런 지금 뭔가 비책이 있다고 하니 희망에 찰 수밖에 없었다.

기대에 찬 듯한 백천기와 하약란의 시선을 받으며 주석인이 입을 열었다.

"대공자와 가족이 되는 걸세."

"그게 무슨……."

"아직도 모르겠는가?"

피로 이어지는 것은 태어날 때 정해지는 것. 그러니 피로 이어진 가족이 되는 건 애초에 불가능하다. 그런 상황에서 가족이 될 수 있는 또 다른 방법.

그건 바로…….

주석인이 자신이 생각해 둔 계책을 꺼내어 들었다.

"혼인일세."

주석인은 휘하에 수하 두 명만 대동한 채로 다급히 걸음을 옮기고 있었다. 그가 향한 장소는 수화전(秀花殿)이라는 곳이었다.

혈뢰주가와 그리 떨어지지 않은 곳에 위치한 그 전각은 빼어난 꽃을 말하는 수화전이라는 이름에 걸맞게 무척이나 아름다운 장소였다.

겨울이라 꽃이 많이 졌음에도 불구하고 화려하고 아름답게 꾸며진 내부 곳곳에는 곧 올 봄을 기다리는 꽃망울들이 넘실거렸다.

수화전 곳곳을 지나다니던 시비들이 주석인을 발견하고는 예를 갖췄다. 그런 그녀들을 무시한 채로 주석인은 곧바로 목적지를 향해 갔다.

주석인의 발걸음이 도착한 곳은 수화전의 가장 중앙 부분에 위치한 건물이었다.

건물의 입구에 도착하자 그는 수하 두 명에게 짧게 말했다.

"여기서들 기다리거라."

"존명."

문을 지키듯이 양쪽에 수하들이 서는 걸 본 주석인은 가볍게 옷매무새를 어루만지고는 이내 그 건물 안으로 성큼 들어갔다.

긴 복도를 따라 걸어갈수록 코를 간질이는 꽃향기가 느껴졌다.

주석인은 이 긴 복도에서 느껴지는 향기가 익숙하다는 듯이 곧바로 그 향의 근원지가 되는 방문 앞에 섰다.

그가 입을 열었다.

"안에 있느냐."

주석인의 물음에 이내 옥구슬이 굴러가는 듯한 청아한 여인의 목소리가 들려왔다.

"들어오시지요."

대답이 떨어지자 주석인은 곧바로 문을 열고 안으로 들어갔다. 여러 가지 귀한 물건들로 가득 꾸며져 있는 방의 내부는 한눈에 봐도 귀한 여인의 방으로 보였다.

커다란 침상, 그리고 그 침상과 마주 보는 곳에 위치한 옥으로 된 탁자에 한 여인이 다소곳하게 앉아 있었다.

긴 머리카락을 고정시키는 값비싸 보이는 비녀를 꼽은 그녀에게서는 도도하면서도 쉬이 범접하기 힘든 고귀한 아름다움이 뿜어져 나왔다.

옷으로 감싸고 있는데도 불구하고 감추기 어려울 정도로 빼어난 몸매를 비롯해 살짝 내려간 눈초리는 가벼운 미소만으로도 사내들의 심금을 뒤흔들 정도로 아름다웠다.

여인의 이름은 주여진.

다름 아닌 주석인의 질녀였다.

주석인의 등장에 주여진이 자리에서 일어나 예를 갖추며 물었다.

"숙부께서는 연락도 없이 어쩐 일이세요."

"너와 급히 상의해야 할 일이 있어서 왔단다."

"저와요?"

이해가 안 간다는 듯이 주여진이 되물었다.

주석인과 가까운 친척 관계이기는 하지만 그가 자신과 뭔가 상의를 하던 사이는 아니었던 탓이다. 이해가 안 가긴 했지만 주여진은 이내 고개를 끄덕이며 자신의 앞자리를 손으로 가리켰다.

"우선 이쪽에 자리하시지요."

"그러마."

주석인은 곧바로 주여진의 건너편의 자리에 가서 착석했고, 뒤이어 그녀 또한 앉았다. 마주 앉은 상태로 주여진이 탁자 위에 준비되어져 있던 차를 한 잔 따라 그에게 건넸다.

꽃 냄새가 물씬 풍기는 차로 입술을 축인 주석인은 가타부타 설명 없이 본론으로 들어갔다.

"내가 여기에 온 건 네 힘이 필요해서다."

"제 힘이라니요? 천하에서 손꼽히는 세력을 지닌 숙부님이 제게 도움을 받을 게 있으실 리가요."

"물론 네 말대로 나는 뭐든지 할 수 있지. 허나 단 하나 나는 가지지 못했지만 너는 가진 것이 있지 않느냐."

주석인의 말에 고개를 갸웃하며 그게 뭐냐는 듯이 응시하고 있는 주여진을 향해 그가 짧게 말했다.

"바로 네 미모다."

미모라는 말에 주여진은 눈을 크게 치켜떴다.

그녀가 조심스레 물었다.

"제 얼굴을 이용해 뭔가를 하시려는 건가요?"

"그렇단다. 마도삼화(魔道三花) 중 가장 아름다운 꽃이라 불리는 네 미모가 필요하구나."

마교의 가장 아름다운 세 명의 여인을 일컫는 마도삼화.

환영학관에서 만났던 백리소소와 마찬가지로 주여진은 마도삼화의 한 명이었다. 그리고 그 마도삼화 중에서 가장 아름답다 손꼽히는 여인.

그것이 바로 그녀였다.

주여진이 떨떠름한 표정을 짓고 있자 주석인이 재차 말했다.

"걱정하지 말거라. 네게도 절대 손해 볼 일은 아니니 말이다."

"제게도요?"

"그렇단다."

"제 얼굴로 뭘 하실 생각이신데요?"

"대공자, 그의 마음을 가질 생각이란다."

대공자라는 말에 찻잔으로 향하던 주여진의 손이 멈칫하고야 말았다.

대공자라니?

지금의 대공자가 어떠한 자인가.

이번 춘절 행사를 기점으로 확실한 교주의 후계자가 된 자다.

그 전이라면 모를까 이렇게 확고하게 후계자의 위치에 올라 있는 그라면…… 어찌 탐이 나지 않을 수 있으랴.

놀란 주여진을 향해 주석인이 자신의 속내를 드러냈다.

"대공자의 가장 큰 약점이 뭐라 생각하느냐?"

주여진은 모르겠다는 듯 고개를 저었다.

예전이었다면 아직 젊은 탓에 지금 마교를 좌지우지하는 무인들에 비한다면 무공이 모자라지 않겠느냐 말하겠지만 그것도 모두 며칠 전까지의 일이다.

절대십마인 천위극을 압도적으로 무너트려 소패왕이라고까지 불리게 된 혁련휘의 무공 실력을 의심한다는 것 자체가 말도 안 되는 일이었으니까.

그런 주여진을 향해 주석인이 말을 이었다.

"마땅한 외척도, 친척도 없다는 거다. 그 말은 곧 그의 힘이 되어 줄 가족이 없다는 거지. 지금이야 교주를 등에 업고 그나마 설치고 다니지만 결국 그가 죽는다면…… 상황은 조금 달라지지. 결국 피로 이어져 있든 아니든 가족이라는 틀로 엮여져 있는 세력이 대공자에게도 필요할 것이다. 묵룡천가가 대놓고 마교에 폐를 끼친 지금 그 자리에 가장 어울리는 게 누구겠느냐."

후계자가 된 이상 지지 기반이 되어 줄 혼인 대상을 물색해야 할 것이다. 그리고 지금 같은 상황에 그런 모든 조건에 가장 부합하는 건 바로 혈뢰주가, 자신들이었다.

그런 주석인의 속내를 알아차린 주여진이 말을 받았다.

"그게 바로 저희다 이 말씀이시군요."

"바로 그렇다. 대공자는 우리 가문의 사람과 혼인을 맺게 되면서 든든한 외척을 얻을 수 있게 될 것이다. 그렇지만 대공자가 워낙 어디로 튈지 모르는 위인인지라 또 다른 하나가 필요했다. 그게 바로 너의 미모니라."

든든한 배경을 지닌 혈뢰주가, 그리고 거기에 마교 최고의 미인이라 불리는 주여진까지.

권력과 여인 모두를 얻을 수 있는 최고의 선택지다.

대공자가 바보가 아니고서야 누구를 선택해야 할지는 이미 정해진 것과 다름없었다.

방금 전 전각에서 만났던 신검백가와 백화방에도 이런 자신의 계획을 속속들이 말해 줬다. 그들에게도 대공자에게 내밀 여인들을 준비하라고 언급해 둔 상황이다.

허나 진심으로 그 두 개의 세력에서 대공자의 부인이 나오기를 바라서 한 말이 아니다.

누가 뽑히든 간에 서로 돕자는 식으로 이야기는 해 뒀지만 그렇다고 해도 결국 지존은 하나다. 그리고 그 지존의 자리에 오르는 건 곧 대공자의 최측근이 되는 그 하나의 세력일 뿐이다.

그걸 알면서도 그들에게도 사람을 준비하라고 시켜 둔 이유.

그건 바로 눈앞에 있는 이 주여진 때문이다.

이 여인만 있다면…… 그들이 어떤 아름다운 여인을 내놓는다 해도 결코 자신이 가진 패보다 빼어나지 못할 거라는 걸 잘 알았으니까.

이미 이 대결의 승자는 정해진 것과 진배없다.

주석인이 눈을 빛내며 물었다.

"어떠냐? 마교 안주인의 자리. 탐나지 않느냐?"

주석인의 말에 주여진은 멈춰 있던 손으로 찻잔을 들어 올렸다.

미지근하게 식은 찻물이 목구멍을 타고 흘러내려 간다.

그녀는 목이 타는 듯이 연신 입술을 축였다.

마교 안주인의 자리라…….

천하의 주인인 마교의 교주. 그리고 만약 그 교주를 자신의 치마폭 안에 가둘 수만 있다면…… 자신이 천하를 지배하는 것과 무엇이 다르겠는가.

천하를 가질 수 있을지도 모른다는 생각에 밀려오는 긴장감과 쾌감이 뒤섞이며 묘한 흥분을 만들어 낸다.

그녀가 슬며시 고개를 돌려 벽면에 걸려 있는 거울을 바라봤다. 그리고 그 거울 안에 있는 자신의 모습을 스스로의 눈으로 확인했다.

'아름다워.'

주여진은 스스로의 얼굴에 자신이 있었다.

이 얼굴에 넘어오지 않을 사내가 천하에 있을 리가 없다는 확신도 있었다.

그녀가 고개를 돌려 주석인을 바라봤다.

주여진이 슬그머니 입을 열었다.

"숙부, 제가 뭘 하면 될까요?"

마교 안주인의 자리.

욕심이…… 생긴다.

〈다음 권에 계속〉

DREAMBOOKS

DREAMBOOKS